Diogenes Taschenbuch 23359

de
te
be

Fanny Morweiser

# *Schwarze Tulpe*

*Roman*

Diogenes

Die Erstausgabe
erschien 1999 im Diogenes Verlag
Umschlagillustration:
Georges de La Tour, ›Die büßende Magdalena‹
ca. 1640–45 (Ausschnitt)

Veröffentlicht als Diogenes Taschenbuch, 2003

www.diogenes.ch
50/03/52/1
ISBN 3 257 23359 0

## *Prolog*

Die Anstalt lag außerhalb des Dorfes in einer Senke, durch die sich ein Bach schlängelte, über den sich so ungefähr alle dreißig Meter eine Brücke spannte. Die meisten waren schmale Fußgängerbrücken aus Holz, nur eine, über die die asphaltierte Fahrstraße zum Haupteingang führte, war fest aus Steinen gefügt und ergab mit ihren beiden geschwungenen Bögen, die dort, wo das Wasser sie berührte, mit grünlich schillerndem Moos bewachsen waren, ein schönes Bild, das zu dem alten Sandsteingebäude nicht weit davon gut paßte. Manche der Nebenhäuser waren in modernem Stil gebaut, mit großen Fenstern, die viel Licht einließen, aber Karla hatte das ursprüngliche Hauptgebäude von Anfang an am besten gefallen, es paßte sich wie ein Chamäleon in seinen Farben dem jeweiligen Tag und der jeweiligen Stimmung an, so empfand sie es jedenfalls, und wo die großzügigeren Gebäude noch mit ihren Weihnachtsgirlanden und Sternen in den Fenstern prunkten, zeigte das alte Haus die ganze Melancholie und Traurigkeit, die in den ersten Januartagen liegt, wenn die Verheißungen von Weihnachten und Silvester vorüber sind und der Frühling noch weit weg ist.

Sie bog von der Straße, die vom Dorf kam, ab, überquerte die Brücke und parkte direkt vor der Pförtnerloge im Haupthaus, in der, obwohl es noch früher Nachmittag war, bereits Licht brannte. Der Mann, der Dienst tat, blickte von seiner Zeitung hoch und nickte ihr zu. Sie kannten sich, seit Jonas hier untergebracht war, und waren zusammen älter geworden, er ein inzwischen dicklicher Mann mit grauen Haaren, und sie, nun Anfang Dreißig, nicht mehr die verängstigte junge Mutter, die nach einem kurzen hastigen Gruß zu Jonas' Station gestürzt war, sondern inzwischen eher ein Gast, der einen Besuch machte. Sie blieb vor der Pförtnerloge stehen, streckte ihre Hand durch den rechteckigen Ausschnitt im Glas und wünschte ihm ein gutes neues Jahr.

»Danke, Ihnen auch«, erwiderte er, »haben Sie die Feiertage gut überstanden?«

»Ja, und jetzt werde ich für ein paar Tage wegfahren. Einfach mal ein Tapetenwechsel.«

»Nach Mallorca?«

»Nein, eher dem Winter entgegen. In den Bayerischen Wald.«

»Schneesicher.«

»Ich denke schon. Ich fahre nach Bayrisch-Eisenstein, das ist nicht weit weg vom Arber. Wenn es dieses Jahr überhaupt noch irgendwo in erreichbarer Nähe Schnee gibt, dann dort.«

»Ja«, meinte er und blickte durch sein seitliches Fenster hinaus auf das Gelände, »es war nicht besonders toll bis jetzt. Und dabei lieben sie Schnee über alles.«

Damit meinte er die Insassen der Anstalt, geistig und körperlich Behinderte in allen Altersgruppen, von denen jetzt gerade ein paar über den Betonweg durch die Felder in

Richtung auf den etwas vom Dorf abgelegenen Friedhof marschierten, um vor den Gräbern laut zu beten, einfach weil es ihnen Spaß machte und sie die roten Lichter und kleinen Tannenbäume mochten, die an Weihnachten auf die Gräber gestellt worden waren.

»Sie werden Ski fahren?« fragte der Pförtner.

Karla lachte. »Seh ich so aus? Nicht mal Langlauf. Ich werde gut essen, schlafen und spazierengehen.« Sie stützte einen Ellbogen auf das Holzbrett, das sich auf der vorderen Seite der Loge entlangzog und auf dem verschiedene Prospekte zum Mitnehmen lagen. »Als Kind hat mich ein Onkel mal mitgenommen. Er war Pfarrer, und wir machten einen Besuch, fuhren mit dem Zug, der dort sein Ende hatte, und liefen durch diesen damals wirklich gottverlassenen Ort. Es war Sommer, heiß und staubig, trotz der dichten grünen Wälder ringsherum. Ich habe völlig vergessen, wen wir besucht haben, geblieben ist mir nur die Erinnerung an seine lange staubbedeckte Soutane, die so gut zu den drei oder vier großen Häusern paßte, die den Ortskern bildeten. Grenzlandhäuser mit gewaltigen dicken Mauern und kleinen Fenstern. Und wir beide tippelten die Straße entlang darauf zu. Ich glaube, wir trafen nicht einmal einen Hund. Es war einsam, es war still.«

»Meine Güte«, sagte der Pförtner und schenkte sich aus einer Thermoskanne eine Tasse Kaffee ein, »ich habe da einen Bericht im Fernsehen gesehen. Seit die Grenzen offen sind, muß dort die Hölle los sein. Verkehrsmäßig, meine ich. Allein die Märkte mit ihren billigen Zigaretten, Jeans und Parfüms locken Hunderte an. Von wegen nicht einmal ein Hund.«

»Das ist mir schon klar. Ich habe mir ja Prospekte schicken lassen, und es wimmelt geradezu von Häusern im Bayerwaldstil. Haus Arberblick, Haus Waldesruh, Haus Wiesengrund... und so weiter. Weiträumig, behaglich.«

»Klingt gut.«

»Und dann die Küche: Knödel, Schweinernes, Gurkensalat, danach Apfelstrudel.« Sie strich sich über die Hüfte.

Er nahm aus einer Blechbüchse ein belegtes Brot, betrachtete es nachdenklich und biß dann hinein. »Wissen Sie was«, sagte er, »nehmen Sie mich mit.«

»Aber gern«, meinte sie, »wenn Ihre Frau damit einverstanden ist. – Ich gehe mal zu Herrn Ballenberger hoch. Er ist doch im Haus?«

»Ich denke schon. Ich hab ihn nicht weggehen sehen.«

Sie stieg eine breite, ausgetretene Treppe hoch, lief oben den Flur entlang, der mit vielen Grünpflanzen ausgestattet war, besah sich wie immer im Vorübergehen die Bilder, die von Insassen gemalt worden waren und die sie jedesmal neu beeindruckten, und klopfte an die Tür des Anstaltspsychologen. Als keine Antwort kam, schob sie die Tür leise auf und fand Herrn Ballenberger bei einem kleinen Nickerchen hinter seinem Schreibtisch. Sein Kopf war nach rückwärts auf die Lehne gesunken, so daß sein weißer Haarkranz sich noch mehr sträubte, der Mund stand leicht offen und entließ die Luft beim Ausatmen mit einem kaum hörbaren Pfeifen, das aber auf den Kanarienvogel in seinem Käfig auf der Fensterbank anregend wirken mußte, denn er hüpfte lebhaft hin und her und piepste. Karla blieb vor dem Schreibtisch stehen und räusperte sich.

Herr Ballenberger öffnete blinzelnd die Augen, gähnte verlegen und stand auf, um ihr die Hand zu geben. »Wie schön, Frau Bornemann. Nehmen Sie Platz.«

»Tut mir leid, daß ich Sie aufwecken mußte«, sagte Karla, »aber ich möchte Jonas noch mit in die Cafeteria nehmen und bei Tag zurückfahren. Ich halte Sie auch nicht lange auf.«

»Kein Problem. Das Mittagessen war zu reichlich.« Er legte beide Hände auf den Bauch. »Wenn Sie vorhaben, mit Jonas ins Café zu gehen, hat es wohl keinen Sinn, für uns beide einen Mokka zu bestellen?« Er griff nach dem Telefon.

»Für mich nicht, danke. Wie geht es ihm?«

Er ließ den Hörer wieder los. »Gut«, sagte er. »Jonas geht es gut.«

Am Anfang, in der Zeit, da sie Jonas hier untergebracht hatte, hatte Herr Ballenberger viele Testreihen gemacht, auch mit ihr, um die Gründe aufzudecken, warum Jonas so war, wie er nun mal war, ein Kind, verschlossen wie eine Auster. Sie erinnerte sich an die Zeichnungen, die er ihr vorgelegt hatte, es waren Bilder, die aus einem alten Schulbuch hätten sein können, schwarzweiß und so betulich gearbeitet, daß sie sich darüber lustig gemacht hätte, wäre der Anlaß nicht so traurig gewesen. Auf einem der Blätter stand ein Mädchen vor einem offenen Grab, und er hatte sie gefragt, ob sich Vater oder Mutter in der Grube befinden, und sie hatte gesagt, der Vater, obwohl ihr Vater noch lebte und ihre Mutter auf so rätselhafte Weise gestorben war, aber sie hatte damals keine Lust gehabt, ihm zu erklären, daß ihr Vater derjenige war, der keine Rolle mehr in ihrem Leben spielte, während ihre Mutter die letzte Zeit vor ihrem Tod sehr viel für sie bedeutet hatte. Sie sah auch keinen Sinn darin, Ballenberger, der nun mal Psychologe und kein Arzt war, immer wieder zu erklären, daß Jonas' epileptische Anfälle Monate nach einer Gehirnhautentzündung aufgetreten waren und daß der Dämmerzustand, in dem er sich seitdem befand, mehr einen biologischen oder vielleicht auch chemischen Auslöser gehabt hatte als einen seelischen.

Bei einem dieser Gespräche hatte er verlegen den Blick gesenkt, die Fingerspitzen aneinandergelegt und den Punkt angesprochen, der ihn anscheinend am meisten beschäftigte. »Vater unbekannt«, hatte er gesagt. »Sie geben immer und überall an: Vater unbekannt. Kennen Sie ihn wirklich nicht? Ist das vielleicht Ihr Trauma, das Jonas' Krankheit eventuell mit ausgelöst haben könnte? Oder hat man Sie ... entschuldigen Sie die Frage ... hat man Sie vergewaltigt? Ist ein Verwandter im Spiel? Ein naher Verwandter? Sie wissen, daß ich unter Schweigepflicht stehe und nichts ohne Ihre Einwilligung unternehmen kann.«

Karla hatte an das Bild mit der Grube gedacht, das er ihr vorgelegt hatte, auf dem sie lieber ihren Vater als ihre Mutter tot sah, hatte über seine heimlichen Rückschlüsse nur lächeln müssen und sie verneint. »Vergewaltigt, nein. Man könnte sogar eher das Gegenteil behaupten.«

»Das Gegenteil?«

»Daß ich diejenige war, von der die Initiative ausging. Die treibende Kraft, wenn Sie so wollen. Es geschah an einem Nachmittag im Juni, und es war ein wunderschöner, ein in Glanz getauchter Nachmittag, der wirklich einzige und damit auch der letzte, bevor die große Nacht kam.«

»Die große Nacht? Irgend etwas Schreckliches?«

»Ja.«

»Über das Sie nicht reden wollen?«

»So ist es.«

»Obwohl es uns weiterhelfen würde?«

Sie hatte ergeben mit den Schultern gezuckt. »Sie meinen es gut, Herr Ballenberger, aber Sie müssen mir einfach glauben, daß Jonas' Anfälle erst nach dieser Krankheit auftraten. Es ist so gut wie sicher, daß sie allein der Auslöser war.«

»Aber nur so gut wie.«

»Das, was ich zugestehen könnte, ist die Vorstellung, daß Jonas diesen Weg genommen hat, um sich in Sicherheit zu bringen.«

»Den Weg über die Krankheit?«

»Ja.«

»Und in Sicherheit vor was?«

»Enttäuschung, mißbrauchtes Vertrauen, Angst.«

»Erfahrungen, die Sie gemacht haben?«

Darauf hatte sie ihm nicht mehr geantwortet, und so hatte er sich wieder anderen, ihm zugänglicheren Motiven zugewandt.

Er hatte sie gefragt, wann Jonas sich das erstemal so in sich selbst verkrochen hatte. Und weil Ballenberger ein so lieber und geduldiger Mensch war und ihnen beiden helfen wollte, erzählte sie ihm, was es zu erzählen gab.

Jonas war bei ihr und ihrem Vater, oder eher bei ihr und den drei indonesischen Hausmädchen aufgewachsen, die das Anwesen ihres Vaters, der viel unterwegs war, in Ordnung hielten. Er war ein zugängliches Kind gewesen, bis er krank geworden war und viele Wochen gelegen hatte. Er wurde wieder gesund – so dachten sie jedenfalls –, nur war er sehr dünn geworden, ein schmales Kerlchen, als er endlich aus dem Krankenhaus heimdurfte.

»Wie alt war er da?« hatte Ballenberger gefragt.

»Fünf, fast sechs.«

»Und keine traumatischen Erlebnisse im Krankenhaus?«

»Er hat nur etwas von einer Spinne gesagt, eine Spinne, die langsam von der Decke herunterkam, während er festgeschnallt auf dem Bett lag.«

»Festgeschnallt?«

»Wegen der Infusionen. Er war doch noch so klein, und sie hatten Angst, er reißt die Schläuche heraus.«

Ballenberger hatte sich damals auf die Spinne gestürzt. Das kann ein Kind für sein Leben erledigen, hatte er zufrieden verkündet. Karla hatte nichts dazu gesagt, ihm nur weiter berichtet, daß Jonas sich so gut erholte, daß sie ihn hatte einschulen lassen. Acht Tage war er in die Schule gegangen, nicht mehr ganz so mager, aber immer noch rührend schmal mit dem riesig erscheinenden Ranzen auf seinem Rücken, er war hingegangen und heimgekommen, und sie, Karla, war so voller Hoffnung gewesen.

»Hoffnung?«

Er hatte bis dahin keine Freunde gehabt, mal hie und da das Kind von Bekannten, nichts von Dauer, und sie wünschte ihm einen wirklich guten Freund, jemanden, der mit ihm groß werden würde, so wie sie mit ihrer Freundin zusammen immer älter geworden war… aber das war eine andere Geschichte.

»Und dann?«

Ja, dann. Karla würde diesen Morgen nie vergessen. Sie war am Tag vorher mit Jonas in einer Forellenzucht gewesen und hatte dort drei Forellen gekauft, die lebend aus dem Wasser gefischt und mit einem Schlag auf den Kopf betäubt worden waren, bevor der Verkäufer ihnen den Bauch aufschlitzte, um sie zu säubern. Ebendiese Forellen hatte eines der Hausmädchen...

»Hat er dabei zugesehen?«

»Wobei?«

»Beim Töten der Tiere?«

»Ja, und es hat ihn sehr interessiert.«

»War er nicht betroffen?«

»Nein. Nur neugierig.«

»Erzählen Sie weiter.«

Nun, das Mädchen hatte die Fische gerade in den Backofen geschoben, als das Telefon klingelte. Die Lehrerin war dran und bat sie, sofort zu kommen, Jonas habe einen Anfall. Er wälze sich auf dem Boden und sei einfach nicht zu beruhigen. Und als sie mit einer Eiseskälte im Herzen die Treppen den Berg hinunter zur Schule gerannt war, kamen ihr schon die ersten Mitschüler entgegen und einer äffte Jonas anscheinend nach, ächzte und verdrehte die Augen, während er an ihr vorüberlief. Als sie in das Klassenzimmer stürzte, fand sie die Lehrerin mit Jonas allein. Er war ganz ruhig. Sie hatte ihn auf die Seite gedreht und ihm ein Kissen unter den Kopf geschoben, und während sich Karla neben ihn kniete und ihm mit ihrem Taschentuch das Blut von der aufgebissenen Lippe tupfte, hatte die Lehrerin ihr erklärt, daß das alles ganz plötzlich gekommen sei. Kein Streit, keine Balgerei.

»Einfach so?«

»Ja.«

Wieder Ärzte, wieder das Krankenhaus, wieder Anfälle und der allmähliche Rückzug Jonas' an einen Ort in seinem Inneren, wohin ihm keiner folgen konnte.

Das war vor mehr als zehn Jahren gewesen. Sie war älter geworden und hatte sich verändert, auch Herr Ballenberger hatte an Gewicht zugelegt und dafür an Haaren verloren, nur Jonas war beinahe unverändert geblieben. Er war ein Stück gewachsen, aber immer noch schmächtig, und seine dunklen Augen unter den fransigen Haaren, die ihm weit ins Gesicht hingen, blickten direkt und scheu auf jeden, der mit ihm sprach, ohne zu zeigen, was in ihm vorging. Karla seufzte und klappte ihre Handtasche auf, bis ihr wieder einfiel, daß Herr Ballenberger strikt gegen das Rauchen war, und damit hatte er schließlich auch recht.

»Er macht uns wirklich keine Probleme«, sagte Herr Ballenberger gerade, wobei er die Fingerspitzen aneinanderlegte, ein sicheres Zeichen, daß er gleich zu dozieren beginnen würde. »Er scheint die Pubertät irgendwie umgangen zu haben. Ich kann Ihnen gar nicht sagen, was für Probleme wir da teilweise mit anderen haben. Würden wir den Mädchen nicht rechtzeitig die Pille geben, hätten wir hier mehr Taufen als Beerdigungen. Nun, Jonas' Anfälle haben wir mit einem neuen Medikament, das aus England kommt, recht gut im Griff. Er hatte eine Erkältung, vor zwei Wochen, aber das wissen Sie ja. Er ist einfach unkompliziert, wie eine Pflanze, ja, genau so. Wird er gehegt und umsorgt, gedeiht er, aber –«, er nahm die Fingerspitzen wieder auseinander, griff nach einem Lineal, das vor ihm lag, und hielt es waagerecht in die Luft, »– genau so wird es auch bleiben. Es wird ihm niemals bessergehen, aber auch nicht schlechter, wie ich hoffe. Und, wie ich Ihnen schon oft gesagt habe, er wird nicht alt werden.«

»Kein Trost.«

»Natürlich kein Trost in dem Sinn. Andererseits bleibt ihm manches erspart. Wenn er irgendwann einmal nicht mehr gut sehen, schmecken, hören und riechen würde, was bliebe dann noch?«

»Das Fühlen.«

»Das bleibt«, meinte er nachdenklich, »da haben Sie recht. Bei den Sterbenden sind es am Schluß oft nur noch die Hände, die antworten.«

»Ich verreise für vierzehn Tage«, sagte sie. »Sie meinen also, ich kann unbedenklich weg?«

»Natürlich.«

Sie kramte einen Zettel aus ihrer Tasche. »Hier ist meine Adresse mit Telefonnummer, falls doch was ist.«

»Alles klar.« Er las die Anschrift und grinste. »Ein Sporthotel?«

»Um Himmels willen, nein. Eine der zahlreichen Pensionen, die es dort anscheinend inzwischen gibt. Mittlere Preislage, gutbürgerlich. Es ist der Wald, der mich lockt, die gute Luft, der Schnee. Ich will spazierengehen und das Rauchen aufgeben. Nikotinpflaster habe ich mir schon besorgt. Und dann noch etwas abnehmen natürlich.«

»Ein bißchen viel für vierzehn Tage.«

»Kurz nach Silvester darf man gute Vorsätze haben, so viel man will.«

»Da haben Sie recht.« Er stand auf, kam um seinen Schreibtisch herum und gab ihr die Hand. »Dann erholen Sie sich gut.« Er warf einen flüchtigen Blick in ihre immer noch offene Handtasche und hüstelte. »Könnten Sie mir eine abgeben?«

»Eine Zigarette?«

»Ich rauche nur geschenkte«, sagte er verlegen. »Dummerweise habe ich mich an Weihnachten zu einer Zigarre verleiten lassen, und die hat mir die Pforte zur Hölle wieder einen Spaltbreit geöffnet. Danke.«

Er ließ sich von ihr Feuer geben, tat einen tiefen genüßlichen Zug und stieß den Rauch mit einem Seufzer aus. »Herrlich, und jetzt noch ein belebendes Täßchen.« Er winkte ihr zu und ging zum Schreibtisch, um mit der Küche zu telefonieren, mit der er, das hatte Karla im Laufe der Jahre mitbekommen, einen regen Kontakt pflegte.

Sie verließ das Haupthaus und lief durch die weiträumigen Anlagen zu dem Gebäude, in dem Jonas untergebracht war. Man hatte sich bemüht, die einzelnen Abteilungen wie Wohnungen zu gestalten, mit Küche, Bad, Aufenthaltsraum und Schlafzimmern, mit Büchern, Bildern, einem Radio und einem Fernsehapparat, jeder aus der Gruppe übernahm bestimmte Pflichten, und Jonas, der fast immer sanft und ruhig war, half in der Küche, beim Bettenmachen und Staubsaugen, er erledigte diese Arbeiten langsam und gewissenhaft, behandelte jeden Teller, den er spülte und abtrocknete, als wäre es der erste, den er je in die Hand bekommen hatte, während seine Mitbewohner um ihn herumhampelten und vergeblich versuchten, ihn aus der Ruhe zu bringen. Sie hänselten ihn oft, waren dann aber auch wieder von überraschender Zärtlichkeit, nahmen ihn in den Arm und drückten ihn.

Jonas' Wohnbereich lag im dritten Stock. Durch die Fenster hatte man einen weiten Blick über Wiesen mit Obstbäumen bis zum nahe gelegenen Wald, den allein zu betreten den Behinderten nicht erlaubt war. Erst letzten Winter hatte sich einer der älteren dort verlaufen und war in einer Schneewehe eingeschlafen, so daß die Suchtrupps erst am nächsten Tag auf ihn stießen, als es schon zu spät war.

Karla fand den Gruppenleiter in der Küche, er saß am Tisch und las Zeitung, während zwei der ihm Anvertrauten im Nebenzimmer in Sesseln vor dem Fernseher lagen und sich einen Trickfilm ansahen.

Er stand auf und gab Karla die Hand. »Wie geht es Ihnen?« fragte er. Er trug einen goldenen Ohrring im linken Ohr, hinter das er regelmäßig sein langes Haar zurückstrich, als befürchtete er, sein Schmuck komme sonst nicht genügend zur Geltung.

»Gut«, sagte Karla, »und Ihnen?«

»Immer dasselbe«, meinte er.

Die meisten hier waren ziemlich ausgeflippte Typen, eher lässig im Umgang; wenn sie nicht gerade schlecht gelaunt waren, nahmen sie die kleinen Mißgeschicke, die dauernd passierten, gefaßt hin, in dem sicheren Wissen, daß ihre Aufgabe nicht das Therapieren, sondern nur die Betreuung war. Gefördert wurde in den Werkstätten, in der Töpferei, im Musikzentrum durch Pädagogen und Psychologen, sie hatten nur dafür zu sorgen, daß sich ihre Schützlinge nicht gegenseitig den Schädel einschlugen, ihr Essen und ihre Medikamente bekamen und ordentlich angezogen vor das Haus traten.

»Jonas ist vor etwa einer halben Stunde weg, ich telefoniere mal rum«, bot er großzügig an. »Oder wollen Sie warten?« Er wies auf einen Stapel Illustrierte, die auf der Eckbank lagen.

Karla schüttelte den Kopf. »Ich möchte mich auf den Rückweg machen, bevor es dunkel wird. Es sind immerhin zwei Stunden Fahrt, und ich sehe nachts nicht gut.«

»Versteh ich«, meinte er. Diesem etwa zwanzigjährigen Zivildienstleistenden mußte sie mit ihren vierunddreißig Jahren wie eine alte Frau vorkommen, wenn sie ihm überhaupt als etwas vorkam, als Neutrum wahrscheinlich, abgelegt unter der Rubrik: Angehörige. Aus dem Nebenzimmer kam ein lautes Heulen, eine wilde Verfolgungsjagd zwischen einer Katze und einer Bulldogge auf dem Fernsehschirm hatte bei einem der beiden Zuschauer heftige Emotionen ausgelöst.

»Wenn ihr keine Ruhe gebt, ist Schluß«, sagte der junge Mann auf dem Weg zum Telefon, aber ohne großen Nachdruck, als wisse er, daß der Satz, schon so oft angewandt, kaum noch Wirkung hatte. Er strich sich das Haar hinter das geschmückte Ohr und begann zu telefonieren, und Karla erfuhr so nebenbei, daß Ulrike heute schlechte Laune hatte und Dr. Seibel wieder mal spinne. Nach drei Telefonaten, die ihr endlos zu dauern schienen, wandte er sich ihr mit einem strahlenden Lächeln zu. »Hab ich mir doch gedacht«, sagte er, »er ist im Musikzentrum, im Entspannungszimmer. Maria hat ihn hochgehen sehen, sie macht dort gerade Gymnastik. Sie wissen, wo das ist?«

»Im blauen Haus.«

»Genau«, sagte er zufrieden und kehrte zu seiner Zeitung zurück.

Die Häuser, das Haupthaus ausgenommen, die nicht zum Wohnbereich gehörten, waren farbig gestrichen, die Werkstatt gelb, die Gärtnerei grün, die Töpferei braun, der Kindergarten ganz bunt. Das blaue Haus stand als letztes am Ende eines von hohen Rhododendronbüschen gesäumten Weges, ein kalter Wind kam vom Wald her und bewegte die spitzen dunkelgrünen Blätter, die in dem diffusen Licht matt schimmerten. Wassertropfen sprühten, als sie darüberstrich. Unter einem der Sträucher lagen noch ein paar ausgebrannte Feuerwerkskörper von Silvester, die der Gärtner, der die Wege in Ordnung hielt, wohl übersehen hatte.

In der Eingangshalle des blauen Hauses standen an der Wand ein paar Rollstühle. An riesige Gymnastikbälle geklammert, rollten Kinder, die wohl zwischen fünf und zehn Jahren waren, auf dem ebenfalls blauen dicken Teppichboden herum, kicherten und lachten und versuchten, ihre Bewegungen mit dem Rhythmus einer Trommel zusammenzubringen, die eine junge Frau, die in Socken herumhüpfte, mit der flachen Hand bearbeitete.

Karla ging noch einmal vor das Haus, um sich die Schuhe an der Matte gründlich abzutreten, dann schob sie sich seitlich an der Gruppe vorbei und stieg einen Stock höher. Die Tür zum Entspannungszimmer war geschlossen, sie drückte sie auf und steckte den Kopf durch den Spalt, vorsichtig, um niemanden zu stören, der sich vielleicht so sehr entspannt hatte, daß er eingeschlafen war. Aber nur Jonas war in dem Zimmer. Ein dunkles Bündel, lag er in der Mitte des ganz mit Polstern ausgestatteten Raumes, in dem es sonst nichts gab außer der breiten Fensterfront und der Musik, die von der Decke zu tröpfeln schien, sie war unterlegt mit dem Geräusch fallenden Regens und durchsetzt mit Vogelgezwitscher.

»Jonas«, rief sie.

Er rollte sich auf die Seite und wandte ihr den Kopf zu. Sie streckte die Arme aus. Langsam erhob er sich von den tiefen federnden Polstern und kam auf sie zu. Er trug den schwarzen, auf der Brust mit einem Schriftzug verzierten Pullover, den sie ihm das letztemal mitgebracht hatte. Er war viel zu groß für ihn, die Ärmel reichten bis fast an die Fingerspitzen, und als sie Jonas umfaßte und fest an sich zog, hätte sie glauben können, ein Kleiderbündel zu halten, wären da nicht unter der Wolle seine Rippen zu spüren gewesen. Sie hielt ihn ein Stück von sich weg. »Immer noch so mager«, sagte sie.

Er trug das breite gefütterte Lederband um den Kopf, das mit einer Halterung versehen war, die die Ohren frei ließ und unter dem Kinn geschlossen wurde. Sein struppiges Haar drängte sich überall hervor, stand borstig kreuz und quer, und sie zupfte es mit den Fingerspitzen ein bißchen zurecht. »Wir gehen in die Cafeteria.«

Seine Jacke hing im Flur an einem Haken, die Schuhe standen ordentlich darunter. Sie wartete, bis er fertig war, und ging es ihr sonst nicht schnell genug, wenn in ihrem Laden eine der Verkäuferinnen trödelte, war sie hier bei Jonas die Geduld in Person, half ihm nicht und ließ ihn allein die Knöpfe schließen und die Schuhe schnüren.

Als sie hinunterkamen, waren die Rollstühle verschwunden und die Halle leer. Draußen hatte ein leichter Nieselregen eingesetzt, der die letzten Schneereste anleckte.

»Was für ein seltsamer Winter, Jonas«, sagte sie, »wetten, daß es an Ostern schneit.«

Wieder wandte er ihr nur das Gesicht zu, und als sie es aus der Nähe sah, von feinen Wasserperlen übersprüht, erinnerte er sie so sehr an seinen Vater, daß sich ihr Herz zusammenkrampfte. Die Cafeteria war nicht weit entfernt, ein Gebilde, fast ganz aus Glas, bestückt mit schlichten Tischen und Stühlen, vielen Pflanzen und winzigen, wie Traubengebinde über den Tischen hängenden Lampen, die ein weiches Licht gaben. Sie fanden noch zwei freie Plätze neben einem älteren Ehepaar, das seine mongoloide Tochter mit Kuchen und heißer Schokolade verwöhnte, und nachdem Karla Jonas neben dem Mädchen untergebracht hatte, ging sie zum Büfett, um für Jonas heiße Würstchen und einen Saft und für sich selbst ein Kännchen Kaffee zu holen.

»Stört es Sie, wenn ich rauche?« fragte sie etwas später ihre Tischnachbarn.

»Aber nein«, meinte die Frau, »mein Mann hat es selbst erst vor kurzem aufgegeben. Sein Arzt ließ ihm keine Ruhe.«

»Und wie hat er es gepackt? Kaugummi, Pflaster?«

»Sie werden lachen. Er zögerte seinen Entschluß immer hinaus, erst morgen, dann übermorgen... bis wir, eigentlich eher zufällig, in diese Ausstellung kamen, ›Körperwelten‹, Sie haben bestimmt davon gehört. Plastinierte Menschen, also sozusagen durchsichtig. Er hat dort die schwarze Lunge eines Rauchers gesehen und danach seine Zigaretten in den Papierkorb geworfen. Also, ich persönlich fand diese ganze Zurschaustellung von Toten und Teilen von Toten ziemlich widerlich, und ich dachte mir, daß dieser Mann, wie hieß er doch gleich...?«

»Hab ich vergessen«, sagte der nicht mehr rauchende Ehemann.

»Macht nichts. Also, daß dieser Mann, der die Objekte hergestellt hat, wenn er diesen Weg nicht für sich gefunden hätte, vielleicht als Insasse an einem dieser Tische hier sitzen würde, aber, wie gesagt, das Abschreckende hatte seinen Nutzen.«

Karla rührte in ihrem Kaffee, legte den Löffel weg und nahm einen Schluck. »Ich habe es auch vor, das Abgewöhnen, meine ich. Ich will es mit Pflastern versuchen, und wenn das nichts nützt, werde ich mir die Ausstellung ansehen. Wo ist sie?«

»In Mannheim. Aber nicht mehr lange, dann kommt sie meines Wissens nach Japan.«

»Ein bißchen weit weg.«

Jonas hatte ganz allein das Briefchen mit dem Senf geöffnet und drückte ihn nun auf den Teller, wischte danach seine Finger an der Serviette ab, nahm eines der Würstchen, tunkte es ein und begann zu essen. Das mongoloide Mädchen streckte blitzschnell eine Hand aus und schnappte sich das zweite.

»Sarah«, rief die Mutter, »das kannst du doch nicht machen.«

»Lassen Sie«, Karla stand auf, »ich hole noch ein Paar, für jeden eines.«

Das Mädchen kaute vergnügt und wackelte mit dem Kopf, daß seine kurzen festgeflochtenen Zöpfe tanzten. Es mußte so um die Zwölf sein und war im Gegensatz zu Jonas eine Quelle ständiger Unruhe.

»Dürfen wir wenigstens bezahlen«, fragte seine Mutter, als Karla zurückkam.

»Ich bitte Sie, nein.«

»Dann bedank dich, Sarah.«

»Danke«, sagte Sarah mit vollem Mund.

»Gern geschehen.«

Hinten in der Cafeteria gab es eine Bühne, die noch halb weihnachtlich, aber mit bunten Ballons und Luftschlangen auch schon faschingsmäßig dekoriert war. Dort fand sich jetzt eine kleine Gruppe ein, um zu musizieren. Es klang wie Orffsches Schulwerk, Flöte, Xylophon, Triangel und Tamburin, die Musikanten trugen lange rote Gewänder, die offensichtlich selbstgeschneidert waren, sie bewegten sich im Takt der Musik und übertrugen ihren Rhythmus auf die Zuhörer, die sich in den Stühlen wiegten, mit Kaffeelöffeln aneinanderschlugen oder aufstanden, um mit über den Kopf erhobenen Armen jeder für sich zu tanzen.

Vor den großen Glasfenstern begann es dämmrig zu werden. Karla sah auf ihre Uhr. »Ich mache mich jetzt wohl besser auf den Weg. Es war schön, Sie kennenzulernen.« Sie lächelte erst Sarah, dann deren Eltern zu, zog Jonas hinter sich her, damit sie die Tanzenden nicht störten, schlüpfte an der Garderobe in ihren Mantel und wartete wieder geduldig, bis er fertig war. Draußen legte sie ihm einen Arm um die Schulter und ging mit ihm zu dem Haus, in dem sein

Wohnbereich war. Alle Fenster, an denen sie vorüberkamen, waren jetzt beleuchtet, man konnte in den Räumen die Lampen, die Bilder, die Möbel sehen und die Menschen, die sich darin bewegten. Vor der Haustür ließ sie ihn los und kramte aus ihrer Tasche ein Dutzend verschieden gefärbter Glaskugeln, die sie auf einem Weihnachtsmarkt gekauft hatte. Sie waren in ein Netz verpackt und glitzerten im Schein der Laterne nicht weit von ihnen.

»Da«, sagte sie.

Er nahm die Kugeln, befühlte sie und legte sie einen Moment an seine Wange, als wolle er ihre Glätte und Kälte spüren. Sie hob die Hand, um noch einmal sein borstiges Haar zu streicheln, fürchtete dann aber, ihn in seiner Versunkenheit zu stören, und wandte sich zum Gehen.

Einen Abend später erreichte sie nach einer längeren Fahrt, die sie zuletzt auf einer freigeräumten Straße zwischen verschneiten Wäldern durchgeführt hatte, Bayrisch-Eisenstein, wo sie von einer Flut von Lichtern empfangen wurde. Hatte der Ort sich in ihrer Erinnerung, dicht zusammengedrängt wie in einem Nest, in einer Senke befunden, so waren jetzt ringsherum die Häuser die Hänge hochgekrochen, angeleuchtet und beleuchtet, flimmernd und flirrend in dem kalten Wind, der Schneestaub hochblies und die immer noch herumstehenden, mit elektrischen Kerzen bestückten Weihnachtsbäume zum Tanzen brachte.

Sie suchte ihre Pension an einem dieser bebauten Hänge, fuhr eine Straße entlang, die von mächtigen Bayerwaldhäusern gesäumt war, Häuser, die fast ganz aus Holz bestanden, mit geschnitzten Balkonen und Sprossenfenstern, Bilderbuchhäuser, jedes ein Märchen für sich im Schnee und beinahe jedes mit einem Schild, das freie Zimmer anbot. Irgendwo entdeckte sie dann auch den Namen der von ihr angeschriebenen Pension, Einfahrt und Stellplätze waren frei geschaufelt, Berge verharschten Schnees türmten sich rechts und links, sie schlängelte sich durch und parkte zwischen einem Kombi mit Berliner Kennzeichen und einem mit einer Plane verhängten Motorrad. Das Eingangsportal war verschlossen, sie mußte klingeln und wurde von einer kleinen verarbeitet wirkenden Frau in die Diele eingelassen. Der Raum war zur Hälfte zugestellt mit Schlitten, Abfahrts- und Langlaufskiern, an der Wand hing eine Karte, die die verschiedenen Pisten und Loipen zeigte. Teppiche, Trockenblumen in Bodenvasen, Bilder von Hirschen und bronzierte Spiegel gaben dem sich anschließenden Treppenhaus etwas staubig Gemütliches, das sich im Frühstückszimmer, in das die Frau sie gleich führte, und in dem dahinter liegenden sogenannten Aufenthaltsraum, der aber völlig unbenutzt wirkte, wiederholte. Ein räudig aussehender Weihnachtsbaum nadelte dort vor einem kalten Kamin, und das Licht der mit einem dicken braunen Stoff bezogenen Lampen war so matt, daß man sicher nicht einmal eine Zeitung darunter lesen konnte.

Aber das machte nichts. Ihr Zimmer im dritten Stock, das auf einen Balkon hinausging, war einfach: ein Tisch, ein Stuhl, ein Bett, ein eingebauter Schrank. Alles zweckmäßig und ziemlich neu. Sie öffnete die Balkontür und trat hinaus. Frisch und kalt war die Luft, die sie in tiefen Zügen einatmete, ein großer, von schnell ziehenden Wolken zerfaserter Mond hing über der schwarzen Linie der Berge. Unten schlug eine Autotür, und eine beleidigte Kinderstimme erzählte etwas von einem schwarzen gefährlichen Hund, der sich zwischen den Schlitten am Hang herumgetrieben hätte, um einen davon zu fangen.

»Er hat dich schließlich nicht gekriegt, oder?« brummte ein Mann.

»Aber beinahe«, rief das Kind wichtigtuerisch, »beinahe.«

Der Rest der Diskussion wurde ins Haus verlagert. Karla ging zurück ins Zimmer, stellte den kleinen Fernseher an und begann unter den melancholischen Augen von Inspektor Derrick ihre Tasche auszupacken. Obwohl sie einen eigenen Laden besaß, den sie, nachdem ihr Vater ihn ihr überschrieben hatte, von einem exklusiven Geschäft für Trachten in einen ›Shop für Mollige‹ umgewandelt hatte, war ihre Reisegarderobe mehr als dürftig. Wäsche, ein paar Hosen und Pullover. Eine einzige Jacke, wasserdicht und warm gefüttert. Sie räumte ihre Sachen in den Schrank, brachte ihren Kosmetikbeutel ins Bad und stellte fest, daß das Licht dort über dem Spiegel alles andere als schmeichelhaft war. Aber vielleicht lag es ja nicht am Licht. Sie mußte wirklich mit dem Rauchen aufhören, und dann der Sherry, der Rotwein jeden Abend, das machte keinen schöner. Aber sie würde nie eine Alkoholikerin werden, wie ihre Mutter es gewesen war, ohne daß sie das damals bis kurz vor ihrem Tod geahnt hatte. Frau Schimlak, die Verkäuferin im Laden ihrer Mutter, hatte ihr so nach und nach manches erzählt. Auch, daß Frau Bornemann unter allen Umständen immer eine Dame geblieben war, selbst wenn sie, wie Frau Schimlak es ausdrückte, nicht mehr wußte, wo sich Backbord oder Steuerbord befanden.

Das Treppenhaus war leer, als sie hinaustrat, und erst jetzt bemerkte sie die in jedem Stockwerk aufgestellten Tische, auf denen selbstgemachter Heidelbeerwein, Honig und getrocknete Pilze zum Verkauf angeboten wurden. Sie besah sich alles ganz genau und ging dann ins Untergeschoß, wo sich eine Teeküche befand. Dort begutachtete sie das Sortiment von Weinen, von denen man eine Flasche mit aufs Zimmer nehmen konnte, wenn man den verlangten Preis in ein bereitstehendes Körbchen legte. Es waren Sorten, bei deren Anblick sich ihr der Magen zusammenzog. Sie öffnete den Kühlschrank, entdeckte dort nur Schnäpse und Bier und beschloß, obwohl ein Schild an der Wand dringend darum bat, keine außerhalb gekauften Getränke mit auf die Zimmer zu nehmen, sich am nächsten Morgen umzusehen, um irgendwo einen einigermaßen guten Rotwein zu besorgen.

Das Haus schien wie ausgestorben, obwohl die Schlitten und Skier hinter dem Eingang eigentlich darauf schließen ließen, daß es gut belegt war, aber sicher waren um diese Zeit die meisten in einem der Restaurants im Ort, um dort zu Abend zu essen, was sie jetzt auch tun würde.

Draußen wickelte sie sich ihren Schal fester um den Hals und marschierte los. Die Straße auszulaufen war sicher nicht nötig, und so fand sie auch bald eine Abkürzung, auf der man direkt in die Ortsmitte hinunterkam. Der Weg führte sie an einem großen alten Haus vorbei. Es hatte einen Turm mit einem Erker und stand in einem verwilderten Garten, in dem sich Föhren wiegten. Ein schon sehr verblichenes und nur schlecht beleuchtetes Schild gab an, daß auch dies eine Pension war. Aber war das möglicherweise vor Jahren einmal ein annehmbarer Aufenthaltsort gewesen, so wirkte das Haus jetzt düster und fremd, völlig anders als die, die sie gerade hinter sich gelassen hatte, und während sie die Hände fröstelnd aneinanderrieb, drehte sie den Kopf, um es möglichst lang im Blick zu behalten. Nirgendwo brannte Licht, und nur allmählich wuchs auf ihrem Weg nach unten die gespenstisch wirkende Silhouette mit der Turmspitze und dem gezackten Dach in den wolkenzerrissenen Himmel, bis sie schließlich hinter den Wipfeln der Föhren ganz verschwand.

Nach wenigen Minuten erreichte Karla eine schmale Treppe, die zwischen Felswänden durchführte und an der Straße endete, und war ihr gerade eben noch unheimlich zumute gewesen, so verlor sich dieses Gefühl nun völlig im Lärm und Gestank der Autos, die sich dort, Stoßstange an Stoßstange, in Richtung Grenze bewegten.

Sie betrat eines der anheimelnd aussehenden Wirtshäuser, fand es innen fast völlig besetzt und wurde von einem Kellner zu einem Ecktisch gebracht, der sowieso nur zwei Leuten Platz bot.

»Zuerst einmal bitte einen trockenen Sherry«, sagte sie.

Der Kellner dachte nach, dann wurde er verlegen. »Ich glaube, an Silvester hatten wir noch welchen, aber jetzt ist nichts mehr da.«

»Dann einen Rotwein. Einen französischen, wenn Sie den haben.«

Er brachte ihr die Karte und in einem gewaltigen Glas einen ölig aussehenden Wein, den er wie einen Schatz vor sie hinstellte.

»Französisch ist er nicht«, meinte er dabei, »aber sicher

auch gut. Die meisten trinken Bier, wissen Sie, ein Helles, ein Dunkles, Weißbier, Rauchbier.«

»Aber Sie sind kein Bayer?«

»Nein«, gab er zu. »Ich bin Tscheche, aber ich trinke auch Bier, Pilsner.«

»Ich mag es nun mal nicht«, sagte sie, »nicht mal im Sommer, wenn es heiß ist.«

»Schade.« Er wedelte mit einer Serviette ein paar Brotkrümel vom Tisch und wartete auf ihre Bestellung. »Die Rouladen sind gut. Oder die Schweinshaxe mit Knödel.« Sein Blick streifte gehetzt über die anderen Tische, man rief nach ihm, und er mußte sie allein lassen. Er glich so sehr dem Kellner, der sie und Jonas einmal hatte ausladen müssen oder, richtiger, vom Tisch und aus dem Raum verjagen. Sie waren zu einer Burg hochgelaufen, die man besichtigen konnte, und ihr hatte am Eingang zu den Sehenswürdigkeiten das Kleingeld gefehlt. Es gab da eine Drehtür, die sich nur bewegte, wenn man ein Fünfmarkstück einwarf, und so war sie mit Jonas in die Burggaststätte gegangen, um etwas zu trinken und dabei Geld umzuwechseln. Es war nach der Mittagessenszeit, bis auf eine große Gruppe an einem runden Tisch, die sich lautstark und lachend unterhielt, waren alle Tische frei, und sie hatte sich mit Jonas, der seinen Kopfschutz trug, an das offene Fenster gesetzt, durch das man über die Weinberge zum Fluß hinuntersehen konnte und weit in das Land hinein, auf das Gesprengsel der Wiesen und Äcker bis zu den Bergen jenseits des Tales. Auf ihrem Tisch lag noch die Tageskarte, auf anderen Tischen standen gebrauchte Gläser, Essensgeruch hing in der Luft, und sie hatte gerade überlegt, ob sie Jonas statt eines kalten Getränkes nicht doch lieber ein Eis bestellen sollte, als einer der angetrunkenen Herren – denn es war ein Herr, jedenfalls äußerlich – den Kellner, der auf dem Weg zu ihr war, zu sich rief und ihm etwas ins Ohr flüsterte. Und dann war der Kellner zu ihr gekommen, eine abgekämpfte Gestalt in einer flotten grünen Weste, er war zu ihr gekommen, um ihr zu sagen, daß hier heute eine geschlossene Gesellschaft wäre. Und während das Gespräch an dem runden Tisch für wenige Augenblicke verstummt war, hatte sie, dem Kellner in die Augen blickend, auf die noch umherstehenden Gläser gewiesen, ohne etwas zu sagen, und er, kleine Schweißperlen auf der Oberlippe, hatte sie auch angesehen, stumm und hilflos, so daß sie ihn erlöst hatte.

»Eigentlich«, hatte sie gesagt, »brauche ich nur Kleingeld für die Besichtigung. Können Sie mir zehn Mark wechseln?«

Seine Finger hatten gezittert, als er bereitwillig seine Geldtasche geöffnet hatte, um ihr zu wechseln, einen Moment hatten ihre Hände bei der Übergabe sich berührt. Du nicht, hätte Karla am liebsten laut gesagt, du nicht, die Ratten sitzen dort drüben und verpesten die Luft, aufgedonnerte Weiber und ihre Begleiter, die sich beim Erzählen ihrer schmutzigen Witze gestört fühlten.

Mit einem unendlichen Groll im Herzen war sie danach mit Jonas auf den steinigen Mauern herumgeklettert, hatte ihm das beleuchtete Gerippe tief in einem Brunnen gezeigt, den gewaltigen Burgfried erstiegen und ihn in einem verlassenen efeuüberwachsenen Innenhof einmal kurz und heftig an sich gedrückt. Jonas, früh geflüchtet in ein Land, in das andere erst nach ihrem Tod kamen, denn sie hatte es bisher nur in den Gesichtern der Toten gesehen, dieses kaum wahrnehmbare Lächeln, das besagte: Ich bin euch entwischt.

Erschrocken fuhr sie zusammen, als der tschechische Kellner, der sich seiner Aufgaben entledigt hatte, wieder neben ihr stand. »Haben Sie gewählt?« fragte er.

»Ja. Bringen Sie mir die gebackene Kalbsleber mit Kartoffelbrei. Und einen Aschenbecher.«

»Natürlich.«

»Sie sprechen sehr gut Deutsch.«

»Die meisten von uns, die nahe der Grenze wohnen. Werden Sie einmal hinüberfahren? Nach Eger? Oder Marienbad? Es sind schöne Orte.«

»Ganz sicher«, sagte Karla. Der Rotwein, aus Ungarn oder Jugoslawien stammend, wie sie nach dem ersten Schluck vermutete, wärmte sie, sie bestellte noch ein Glas, als er das Essen brachte, und verlangte zum Abschluß einen Schnaps.

Das machte den Kellner geradezu glücklich. »Schnäpse haben wir jede Menge. Ich hätte aber auch einen Marillenlikör.«

Sie schüttelte sich. »Tut mir leid, aber ein Marillenlikör auf diesen üppigen Wein läßt mich nicht mehr den Berg hochkommen.« Sie nahm einen Kräuterschnaps und gab ihm ein reichliches Trinkgeld. Er half ihr in die Jacke und hielt ihr die Tür auf.

»Ich wünsche noch einen guten Abend«, sagte er.

Der Verkehr auf der zur Grenze führenden Strecke hatte sich aufgelöst, sie überquerte die Straße und begann den Aufstieg. Der kalte Wind, der aus dem Osten kam und den Eishauch der böhmischen Wälder in sich trug, machte sie fast wieder nüchtern. Als sie an der seltsamen Pension vorbeikam, bogen sich die Wipfel der Föhren auseinander, und sie bemerkte, daß nun ein Erkerfenster hoch oben beleuchtet war. »Sieh an, ein Gast«, sagte sie und schob ihre Hände tiefer in die Jackentaschen. Sie freute sich auf ihr Zimmer und das Federbett, das dicker war als die sonst üblichen in Hotels und Pensionen. Also kann ich die Balkontür offenlassen, sinnierte sie, und den Wind orgeln hören, an Jonas denken und an manches andere, allein sein, aber doch nicht allein, solange ich mit Menschen sprechen und in ihre Gesichter sehen kann. Aber sie wußte, daß sie sich etwas vormachte, da waren Jonas und sie, wie die beiden Punkte eines Dreiecks, von denen zwei Linien zu einem unsichtbaren dritten Punkt führten. Und während sie weiter und weiter den Hügel hochstapfte und das einsame Licht allmählich aus den Augen verlor, gingen ihre Gedanken zurück, fand sie sich an einem heißen Sommernachmittag in einem Zimmer wieder, in einem Haus, in der Kleinstadt, in der sie heute noch lebte und in der alles begonnen hatte.

# I

Lucie hatte die Jalousien gerade so weit heruntergelassen, daß noch genug Licht auf den Spiegel fiel. Es war einer dieser Spiegel, die in einer Drehhalterung stecken, so daß man ihn nach vorn oder hinten kippen konnte, und Karla, die sich in das weiteste von Lucies langen indischen Kleidern gezwängt hatte, gab der glatten Fläche einen kleinen Stoß, damit sie sich fast waagrecht drehte und das Spiegelbild ihren Blicken entzog. »Ich bin einfach zu fett«, jammerte sie.

Lucie, die inmitten eines Berges von Kleidungsstücken auf dem Bett lag, drehte sich vom Rücken auf den Bauch, stützte einen Arm auf, schmiegte das Kinn in die Hand und betrachtete sie kritisch. »Es geht doch«, meinte sie, »aber wenn du dich nicht wohl fühlst, zieh es wieder aus, das ist schließlich heute abend kein Schönheitswettbewerb oder der Opernball.«

»Da hast du recht.«

Es war drückend heiß, Ende Juni, seit Tagen grollten in der Ferne immerzu irgendwelche Gewitter, aber bis jetzt hatte sich keines entschlossen, der kleinen Stadt so nahe zu kommen, daß sich ein erfrischender Regen über die verschachtelten und hitzeglühenden Dächer ergossen hätte. Unten auf dem Marktplatz hob plötzlich ein heftiges Geschnatter an. Karla ging barfuß zum Fenster, hob die Jalousie ein Stück hoch und sah nach. »Japaner. Sieht so aus, als fänden sie wieder irgend etwas ganz entzückend.«

»Japaner treiben wie Wolken durch die Stadt«, sagte Lucie. Sie wiederholte den Satz Wort für Wort und schmeckte ihn auf der Zunge. »Das geht. Das schreibe ich auf.«

Sie kramte eine Kladde unter ihrem Bett hervor, schob dabei einen Stapel Bücher zur Seite, holte einen Bleistift vom Nachttisch und trug den Satz ein. Lucie dichtete und las unendlich viel, aber sie hatte nie vor, aus diesen beiden Leidenschaften einen Beruf zu machen. Sie lebte in einer vagen Aura von: ›Irgendwas wird sich schon ergeben‹. Und so, wie sie aussah, mußte sie sich wirklich keine Sorgen machen. Lucie war schön, ging aber mit ihrem Aussehen so gleichgültig und nachlässig um, als zeige sie nur die Auslage und könne sie unbesorgt verschleudern, da ja noch genug Nachschub in den Regalen war. Manchmal wusch sie sich tagelang nicht, lief mit eingetrockneter Wimperntusche unter den Augen herum, die sich langsam bröckelnd löste, so daß immer wieder mal jemand fragte, ob ihr eine Mücke am Lidrand klebe. Sie wirkte trotz der Hitze kühl und hatte im Winter nie eine rote Nase, und während Karla sich in diesen ewigen Gefühlsschwankungen von gerade-noch-annehmbar und heute-mal-wieder-richtig-scheußlich bewegte, verunsichert von jeder Schaufensterscheibe, in der sie sich spiegelte, spazierte Lucie unbeschwert umher und fand Karlas im Moment sowieso zum Scheitern verurteilte Bemühungen um ein besseres Aussehen völlig übertrieben.

Es war noch früh am Nachmittag, das Fest, zu dem sie eingeladen waren, würde erst so gegen Mitternacht richtig in Schwung kommen; um durch die Stadt zu schlendern, war es einfach zu heiß, Schwimmbad lehnte Karla vorläufig ab, und so gaben sie sich ganz diesem wundervollen Zustand des Herumlungerns hin, den sie ihrer Ansicht nach auch verdienten. Sie hatten beide gerade das Abitur hinter sich, also durchaus Anspruch auf Nichtstun, und sie hatten noch keine Ahnung, was sie in Zukunft machen wollten, darüber zerbrachen sie sich nicht den Kopf. Notfalls würden sie erst einmal eine Lehre bei ihren Vätern machen, obwohl Lucie nicht gerade davon träumte, geschmacklose Souvenirs an Touristen zu verhökern, und Karlas Vater sicher nicht davon angetan sein würde, sein kleines Trampel, wie er die Tochter ironisch nannte, gehobene Trachtenmode an betuchte Damen verkaufen zu lassen, aber vielleicht konnten sie ja tauschen.

»Es könnte spannend werden heute nacht«, sagte Lucie. »Diese Satansjünger, die die Burg zu ihrem Bereich zählen, haben Joachim gedroht.«

»Wie denn?«

»Am Telefon, nehme ich an. Schließlich soll keiner erfahren, wer sie sind. Jeder könnte einer oder eine von ihnen sein. Sogar du.«

»Lächerlich.«

»Warum nicht. Du würdest eine gute Hexe abgeben.«

»Danke, Lucie.«

»War doch nur Spaß. Joachim wollte das Fest schon verlegen, in die Hütte am Michelswald, aber er hat nicht mehr alle erreicht.«

»Sie werden uns ans Kreuz schlagen und rösten.«

»Nein, Karla, ganz bestimmt nicht. Seit der Sache in der Kirche müssen sie aufpassen. Außerdem ist ein neuer Staatsanwalt in der Stadt.«

»Nur ihretwegen?«

»Er wäre so oder so gekommen. Aber er soll sie ausräuchern – habe ich gehört.«

Karla zog sich das indische Kleid, vorsichtig, um den zarten Stoff nicht zu beschädigen, über den Kopf, legte dabei ein paar Speckröllchen frei und schlüpfte mit einem Seufzer der Erleichterung in ihre ausgeleierten Jeans und das dazu passende schlabbrige T-Shirt, das sogar für sie eine Nummer zu groß schien. »Das, was sie in der Kirche gemacht haben, war aber auch wirklich ein starkes Stück«, sagte sie.

Es war durch alle Nachrichten gegangen. In der barocken Wallfahrtskirche etwas außerhalb der Stadt, zu der ein mit den Stationen des Kreuzwegs gesäumter Pilgerweg führte, gab es einen Glaskasten mit einer mumifizierten Heiligen Jungfrau. Sie trug ein weißes, mit Perlen besticktes Kleid, einen Kranz im Haar, Handschuhe und einen Schleier, so daß man von ihr selbst eigentlich kaum etwas sah, nur die bräunlich vertrockneten Gesichtszüge erahnen konnte, aber diese Jungfrau zog mehr Schaulustige an als der Flügelaltar oder die Kanzel mit den geschnitzten Apostelköpfen.

Ein von einer Kneipentour heimkehrender Mann hatte in der Nacht von weitem ein über die Felder zuckendes Licht gesehen, das von der Kirche herkam, und so hatte er sich von Station zu Station geschleppt, um der Sache nachzugehen. Am verschlossenen Hauptportal war ihm, als er durch das Schlüsselloch spähte, statt eines Engels eine schwarzgekleidete Gestalt erschienen, die unter dem Gejohle anderer seltsamer Gestalten, die der Angetrunkene immer wieder mal ins Blickfeld bekam, mit der toten Jungfrau vor dem Altar herumgewalzt war. Am nächsten Morgen fand der Küster die Mumie mit zerfetzten Kleidern und abgebrochenem Fuß, der später im Taufbecken auftauchte, in einer der Bänke sitzend an, mit versonnen geneigtem Kopf, als träume sie ihrem Tänzer nach. Er stellte fest, daß die Frevler über ein eingedrücktes Fenster der Sakristei in die Kirche gekommen waren, um dort den Glaskasten aufzuwuchten und die Reliquie aus ihrer Halterung zu lösen.

»Also, ich fand das gar nicht so schrecklich«, meinte Lucie. »Laß uns doch in die Küche gehen und was Kaltes trinken.«

Sie stiegen eine Treppe in die Küche hinunter und stießen dort auf Lucies Mutter, die vom Laden hochgehetzt kam, um Kaffeewasser aufzusetzen.

»Ich mach das schon, Frau Swerdla«, bot Karla an.

»Das ist lieb von dir«, sagte die kleine rundliche Frau Swerdla und strich sich eine Haarsträhne aus der Stirn. »Wir kommen unten kaum noch nach, jedesmal nach der Führung rennen sie uns die Bude ein.«

Da die Stadtführung auf dem Marktplatz begann und dort auch wieder endete, sozusagen vor Swerdlas Tür, war das nicht weiter verwunderlich.

»Und richte bitte drei Tassen für uns, ja, Karla«, bat Frau Swerdla, bevor sie sich wieder zurückzog. »Rupert ist vorbeigekommen.« Dabei hatte sie ein Singen in der Stimme, das Lucie wütend machte.

»Puh«, sagte Lucie, als sie wieder allein waren. Sie konnte diesen dicklichen, großen jungen Mann nicht ausstehen, der bei seiner Mutter im Sanatorium arbeitete und sich gleichzeitig berufen fühlte, als selbsternannter Hirte eine kleine Gemeinde zu führen, zu der auch die Swerdlas gehörten. So nüchtern und geschäftstüchtig sie sonst waren, bei diesem Mann setzte ihr Verstand so sehr aus, daß man daran zweifeln konnte, ob sie überhaupt einen hatten.

Karla richtete ein Tablett mit drei Tassen, Milch und Zucker, und als das Wasser zu brodeln begann, goß sie Schwall um Schwall über das Pulver, während Lucie sich mit einer Cola auf dem Sofa räkelte und sie amüsiert beobachtete. »Ich würde dir ja tragen helfen«, meinte sie. »Aber um nichts in der Welt möchte ich Rupert begegnen. Es reicht, daß meine Alten mich jeden Samstagabend in seine Vorführung schleppen, du müßtest ihn mal dabei erleben.« Sie beugte sich vor, nahm die Schultern zurück und blies die Wangen auf. »Ihr Lieben ...«, säuselte sie in salbungsvollem Ton und lehnte sich dann lachend wieder zurück. »Wie seine Heiligkeit in Person. Und meine Eltern träumen, glaub ich, davon, daß ich ... igitt, ich mag nicht mal dran denken.«

Karla ließ fast das Tablett fallen, mit dem sie sich gerade auf den Weg machen wollte. »Du meinst, heiraten oder so. Davon hast du mir nie was erzählt.«

»Ich hab es wahrscheinlich verdrängt. Es ist einfach zu absurd.«

»Kann man wohl sagen«, meinte Karla. Wäre Rupert ein normaler junger Mann gewesen, so hätte man ihn mit dem Sanatorium im Hintergrund durchaus für eine gute Partie halten können, aber Rupert war nicht normal, ohne daß man gleich den Finger hätte auf die Stelle legen können, die ihn verdächtig machte. Er stand unter der Fuchtel seiner Mutter, der das Sanatorium gehörte, er fürchtete sie geradezu, das wußten alle, und trotzdem hatte er es fertiggebracht, sich in bestimmten Kreisen Geltung zu verschaffen, mit einer Skrupellosigkeit, die manche für Naivität hielten.

Vorsichtig nahm Karla draußen Stufe für Stufe, um nichts zu verschütten. Die Treppe, wie auch das ganze Haus, waren alt und verwinkelt, und Swerdlas erneuerten nur, was unbedingt nötig war. Der Laden selbst war ein langgezogenes Gewölbe, vollgestopft mit Raritäten aller Art. Immer wieder war Neues dazugekommen und Altes geblieben, nur draußen auf dem Marktplatz waren die Ständer mit den gerade gängigen Waren, Ansichtskarten, T-Shirts, bedruckten Regenschirmen, Mützen, Spazierstöcken und Kopftüchern bestückt. Lucie schritt unbeteiligt durch diesen Tand, aber Karla fand immer wieder mal was Besonderes. Einmal entdeckte sie in einem Regal ganz hinten im Gewölbe ein Kindergebetbuch mit Elfenbeineinlage auf dem Buchdeckel, einmal ein ausziehbares Fernrohr in einem Lederfutteral, einmal eine sehr große getigerte Muschel, die sogar noch rauschte, obwohl Lucie ihr erklärt hatte, daß die Muscheln, erst einmal weg vom Meer, mit der Zeit ihr Rauschen verlören. Aber das war wieder nur so ein tpyischer Luciesatz, mehr Phantasie als Wahrheit.

Herr Swerdla nahm Karla das Tablett ab und stellte es auf die Theke, auf der sich kaum noch Platz fand. Er hätte der Bruder seiner Frau sein können, er war rundlich und wendig und hatte die Oberlippe stets zu einem Lächeln hochgezogen, so daß er mit seinen leicht vorstehenden Vorderzähnen an ein Kaninchen erinnerte. »Kein Kuchen«, mümmelte er enttäuscht.

»Ich kann ja mal nachsehen, ob ich oben was finde«, bot Karla an, drehte sich um und stieß gegen einen weichen federnden Bauch.

»Entschuldigung«, sagte sie.

Es war Rupert, in eine speckige Jägerjoppe gekleidet, die viel zu warm für das momentane Wetter war, aber er bildete sich so viel darauf ein, unter anderem auch Jäger zu sein, daß er das Schwitzen gern in Kauf nahm. Er strich sich mit seiner rechten Hand, an deren kleinem Finger er einen in Gold gefaßten Hirschzahn trug, über seinen schütteren Bart und gab Karla von oben herab einen Blick, den er sicher für dämonisch hielt, der bei ihr aber absolut nicht ankam. Er hatte Augen wie eine Katze, von einem Grün, das verschlagen wirkte. »Wie geht es unserer Schönheit oben in ihren Gemächern?« fragte er und lispelte dabei ein bißchen. »Schläft sie oder wacht sie, weint sie oder lacht sie?«

Karla reagierte nicht, Herr Swerdla aber schien entzückt, patschte in die Hände wie ein Kind und kicherte. »Sie schläft, sie schläft und wartet, bis ein Prinz sie wach küßt.«

Karla stieg die Treppe hoch und beschloß, sich nicht darum zu kümmern, ob Kuchen da war oder nicht. Es schien doch was dran zu sein an dem, was Lucie angedeutet hatte.

Sie fand sie nicht mehr in der Küche, sondern wieder einen Stock höher in ihrem Zimmer, wo sie auf dem Bett lag, ihre Kladde vor sich und den Bleistift in der Hand.

»Hör mal«, sagte Lucie, »du erinnerst dich doch an den Jungen in dem Pub in Bristol? Es war bei unserer letzten Klassenfahrt.«

»Du meinst diesen Alkoholiker, der geredet hat wie ein Buch.«

»Das war kein Alkoholiker.«

»So wie der gesoffen hat.«

»Die müssen so trinken, weil sie nach elf nichts mehr kriegen. Also, ich hab ein Gedicht über ihn gemacht.«

»Gut«, sagte Karla. Das war Lucie, wie sie sie kannte, sollte sie ruhig einen fernen Alkoholiker in Bristol andichten, darin lag keine Gefahr. »Leg los«, sagte sie.

Lucie setzte sich auf, strich sich das Haar hinter die Ohren, damit es ihr nicht ins Gesicht fiel, räusperte sich umständlich, hielt das Büchlein etwas schräg und begann laut vorzulesen.

*»Brambach hat Poe gesehen*
*im Regen unter Ulmen glaube ich*
*ich habe Stevenson gesehen*
*in einem Pub in Bristol*
*er trug ein weites Hemd*
*und eine bestickte Weste*
*er war bleich und redete und trank*
*trank viel redete viel*
*schwang die weißen Hände*
*wie Vögel durch die Luft*
*betörte mein Herz.«*

Lucie las gut, schien aber so ergriffen, daß ihre Stimme am Schluß fast brüchig wurde. Karla sah sie erstaunt an. »Hat er das wirklich?« fragte sie.

»Was?«

»Dein Herz betört?«

»Wie du nur wieder fragst«, sagte Lucie ärgerlich. »Natürlich nicht.«

»Warum heulst du dann beinahe?«

»Weil ich das Gedicht so gut finde. Es drückt das alles aus.«

»Was?«

»Ach Karla, das ganze Drum und Dran an dem Abend. Daß man an einem Ort, den Stevenson oft besucht hat, jemanden trifft, der ihm so ähnlich ist. Dann saß er auch noch genau in der Ecke, wo Stevensons sämtliche Werke in einem Regal standen. Daran erinnerst du dich doch?«

»Nein, tut mir leid, es war so voll dort, dazu ziemlich dunkel und verraucht.«

»Nichts Besonderes für dich?«

»Nein, es war ein Pub wie ein Dutzend andere auf dieser Fahrt.«

Lucie warf sich zurück und verschränkte die Arme hinter dem Kopf. »Karla«, seufzte sie. »Du wirst nie…« Sie verstummte.

»Nie was? Nun sag's schon. Ich werde nie Gedichte schreiben.«

»Das sowieso nicht. Aber wenn du nicht einmal imstande bist, die Atmosphäre in dieser Kneipe auf dich wirken zu lassen, wie willst du dann jemals Zugang zu Büchern bekommen?«

»Also«, sagte Karla, jetzt fast beleidigt, »so ist das ja nun auch nicht, ich lese ab und zu ganz gern. Meiner Ansicht nach war der ganze Laden dort sowieso nur eine Fallgrube für Touristen. Und was deinen Stevenson angeht, hast du nicht mal dran gedacht, daß er vielleicht sogar angemietet war, mit seiner bestickten Weste und seinem Getue, du hast doch mitbekommen, wie gut die Engländer das hinkriegen, bei der abendlichen Stadtführung in Edinburgh tauchten ja auch dauernd irgendwelche Gestalten auf, und so haben die in Bristol eben einen Stevenson präsentiert, damit eine Lucie ein Gedicht schreibt.«

»Meinst du?«

»Könnte doch sein. Und spielt im Grund keine Rolle«, fuhr sie versöhnlicher fort. »Wichtig ist, daß du schreibst, und wodurch das ausgelöst wird, ist schließlich egal.« Sie sank schnaufend neben Lucies Bett auf den ausgefransten Teppich, der dort lag, schob sich ein Kissen unter und blinzelte schläfrig. »Lies mir noch was vor«, bat sie. »Lies mir die Geschichte von der Zwergenfrau vor, die diesen Selbstmörderklub gegründet hat.«

»Jetzt nicht«, sagte Lucie. »Ich muß sie noch einmal überarbeiten. Aber die Grundidee ist gut.«

»Und ob sie das ist«, murmelte Karla, fast schon am Einschlafen, »wie war das doch? Man zahlt und erhält dafür das Versprechen, daß man innerhalb einer bestimmten Frist auf eine völlig unvorhersehbare Weise ums Leben kommt.«

»Genau. Ein Sturz vor eine Straßenbahn, ein Badeunfall, ein Herzschlag in der Sauna... wie auch immer, die Angehörigen betrauern keinen Selbstmörder, sie laufen nicht mit diesem Makel herum, im Gegenteil, man bedauert sie, und statt daß man ihnen unterschwellig Vorwürfe macht, werden sie mit Anteilnahme überhäuft. Und die Versicherung zahlt.«

»Sehr human. Und wer sich entschlossen und bezahlt hat, kann nicht widerrufen?« Eine Fliege setzte sich auf ihre Nase, und sie trieb sie mit einer matten Handbewegung weg.

»Man trifft die Zwergenfrau dreimal«, dozierte Lucie, »immer in einem gewissen Zeitabstand. Wer nicht kommt, will nicht mehr. Wer auch zum dritten Mal kommt, erklärt sich mit allem einverstanden und kann schon auf dem Heimweg von dem Treffen einen Ziegelstein auf den Kopf bekommen.«

»Ach Lucie«, sagte Karla, »du bist einfach süß.« Sie schloß endgültig die Lider, und bald erfüllte ein leises Schnarchen den Raum, während Lucie, auf dem Bett liegend und den Blick zur Decke gerichtet, versuchte, sich die Zwergenfrau vorzustellen, jemanden, der so aussah, daß jeder potentielle Selbstmörder sich bei der ersten Begegnung sagen mußte: Wenn diese Frau in diesem Körper imstande ist, am Leben zu bleiben, warum dann nicht ich? Und so glitt auch Lucie allmählich in einen sanften Schlaf, ein seltsames Wesen vor sich, mit winzigem Körper und riesigem Kopf, aus dem die klugen Augen traurig auf sie niederblickten.

## 2

Es ging schon beinahe auf Mitternacht zu, als Lucie erwachte. Sie hob einen Arm, um blinzelnd auf ihre Uhr zu sehen, und schüttelte ungläubig den Kopf, als sie begriff, wie spät es schon war. Rücksichtslos stieß sie Karla an, die sich laut stöhnend auf die Seite wälzte und das linke Bein rieb, das von dem langen Liegen auf dem Boden schmerzte.

»Was ist?« fragte Karla.

»Zeit, zur Burg zu fahren.«

»Schon?«

»Du bist gut. Wir haben endlos lang geschlafen.« Sie stieg über sie hinweg, trat ans Fenster und zog die Jalousie hoch. Der Marktplatz lag in einem bläulichen Licht, das Plätschern des Brunnens in seiner Mitte, das sonst in den Tagesgeräuschen unterging, war deutlich zu hören, und die Blumen auf den Simsen der Häuser ringsherum, sonst nur schön und scheinbar geruchlos, gaben jetzt einen fast unmerklichen Duft von sich, der in Wellen kam, zaghaft, ohne zu verweilen, so wie ein Parfüm für kurze Zeit in der Luft stehenbleibt, wenn seine Trägerin schon längst vorübergegangen ist. Karla gesellte sich zu Lucie und lehnte, noch schlaftrunken, den Kopf an ihre Schulter. »Sie träumt, unsere kleine Stadt«, sagte sie. »Und eigentlich würde ich am liebsten auch weiterträumen, mir ist im Schlaf deine Zwergenfrau erschienen, und sie sagte, sie habe ein Problem.«

»Und das wäre?«

»Sie weiß nicht, wie sie ihre Kunden erreichen soll. Sie kann doch nicht einfach ein Inserat aufgeben, in dem sie Leute sucht, die nicht mehr leben wollen.«

»Und konntest du ihr helfen, im Traum, meine ich?«

»Nein, ich sagte ihr, es wäre dein Problem und du würdest sicher eine Lösung finden.«

»Seltsame Träume. Komm, wir gehen.«

Sie schlüpften in ihre Jacken und schlichen hinaus auf den Gang, vorbei an Swerdlas Schlafzimmer, aus dem abwechselnd ein Gurgeln und ein leises Pfeifen drangen, durch die Küche hinunter in den Laden, der in dem schwachen Licht, das durch das Schaufenster und die Glasscheibe der Tür hereinkam, geheimnisvoll wie Ali Babas Höhle wirkte, gefüllt mit Schätzen, als verleihe die Mondnacht noch den gewöhnlichsten Gegenständen einen Zauber. Lucie drehte den Schlüssel, der innen steckte, sie traten hinaus auf den Platz und atmeten beide tief durch. Frisch und feucht war die Luft, nur noch sanft durchpulst von der Wärme des Tages, die Häuser warfen riesige Schatten, und ein einsamer Hund, der über das Pflaster lief, schenkte ihnen nur einen zerstreuten Blick, hob das Bein an einer Laterne und verschwand in einer Seitenstraße. Sie folgten seiner Spur und der eines mit silbrig fließendem Wasser gefüllten Kandels, der von weit oben die Gasse herabkam und kurz vor dem Marktplatz im Boden verschwand, um sich dort mit den unzähligen anderen Wasserläufen zu vereinigen, die die Stadt unterirdisch durchzogen.

Karla hatte von ihren Eltern zum Abitur ein rotes Cabrio, einen Käfer, bekommen, den sie sich schon Wochen vorher ausgesucht hatte, genau dieses Auto mußte es sein, obwohl sie ein teureres hätte haben können, aber es war wie für Lucie und sie gemacht, und als sie jetzt auf dem Parkplatz hinter der Stadtmauer das Verdeck zurückgeschlagen hatten und eingestiegen waren, fühlten sie sich einfach wunderbar, stellten das Radio an, bekamen den *Wildcatblues* und danach *Petite fleur* in den Sender, drehten, als sie die Stadt erst einmal hinter sich hatten, voll auf und fuhren am Fluß entlang. Die weiche Luft streichelte ihre Gesichter und fächelte die Haare, selbstvergessen sangen sie lauthals mit, überquerten eine Brücke und bogen nun in einen schmalen dunklen Weg ein, der von dichten Brombeerbüschen gesäumt war. Manchmal streifte sie ein langer wuchernder Zweig, krallte sich an den Stoff ihrer Jacken, als versuche er sie zurückzuhalten, und gab sie nur widerwillig frei. Karla fuhr nun nach Lucies Anweisung nur noch Schrittempo, wich Schlaglöchern vorsichtig aus und stellte sich schließlich auf einen kleinen Parkplatz neben Joachims Kombi, der dort plaziert war, um ihnen, wie versprochen, den Einstieg zu dem Weg, der zur Burg hinaufführte, zu zeigen.

»Wir hätten auch über die Höhe kommen können«, meinte Lucie beim Aussteigen. »Aber es war meine Idee, hochzulaufen. Eine kleine Nachtwanderung, was hältst du davon?«

Karla schnaubte nur, holte die Tasche mit den Baguettes und zwei Flaschen Rotwein, die sie schon am Vormittag gekauft hatte, vom Rücksitz, drückte Lucie eine Taschenlampe in die Hand und blickte nach oben. Schwarz und düster ragte der bewaldete Berg vor ihnen auf. Die Burg war nicht zu sehen, nicht einmal als Silhouette gegen den Nachthimmel, und so folgte sie ergeben ihrer Freundin, die den Anfang des steilen Serpentinenwegs, der auf das Plateau hinaufführte, gefunden hatte. Er lief weitgehend über felsigen Boden und war so steinig, daß man leicht stolpern und ausrutschen konnte, tief ausgewaschen und teilweise abgeschwemmt, hielt er sich manchmal so dicht am Hang, daß man Fuß vor Fuß setzen mußte, und während die Flaschen in der Tasche aneinanderstießen und leise klirrten, ahmte Lucie, die Karla voranhüpfte, das langgezogene und klagende Schreien eines Käuzchens nach.

»Macht doch Spaß, Alte, hab ich recht?« rief sie über die Schulter und holte mit dem Kegel der Taschenlampe ein kleines Tier aus dem Dunkel, das sie mit funkelnden Augen anstarrte, bevor es, im Laub raschelnd, davonhuschte.

»Macht enormen Spaß«, keuchte Karla. »Vor allem, wenn du mal das Zeug hier tragen würdest.«

Das überhörte Lucie. »Schau mal, wir sind oben«, verkündete sie. Vor ihnen erhob sich die Burg gezackt und schartig gegen den Himmel, über die Wipfel der Bäume hinweg konnten sie jetzt auf dem jenseitigen Ufer ein paar zerstreute Lichter erkennen, noch schliefen nicht alle in dem Dorf, das sich dort einen Hügel hochzog. Tröstlich war dieser Anblick in der Nacht, aber seltsam erschien es ihnen, daß vom Burghof her nichts zu hören war, keine Musik, keine Stimmen, und das Feuer, wenn es überhaupt eines gab, mußte so schwach sein, daß es nicht einmal einen Widerschein auf die nun einsehbaren alten Mauern warf.

Karla und Lucie gingen über die mit Holzbohlen belegte Brücke, die den Graben, der die Burg umzog, überspannte. Laut hallten ihre Schritte und warfen ein Echo zurück, sie passierten den efeuüberwachsenen Torbogen und erreichten den vorderen Burghof. Dort saß ein jämmerliches Grüppchen dicht gedrängt um ein winziges Feuer, und als Lucie laut und mit um den Mund gelegten Händen »Hallo« rief, zuckten sie erschreckt zusammen und sahen sich fast furchtsam um. Einer erhob sich, es war Joachim, der das Fest ausrichtete. Er beschattete die Augen mit der Hand, um besser sehen zu können, und winkte Lucie, als sie nun näher kamen und er sie einordnen konnte, mit einer halb freudigen, halb resignierten Handbewegung zu, als wüßte er nicht genau, ob er sie fortschicken oder zu sich rufen sollte.

»Was ist denn los?« fragte Lucie, als sie bei ihm war. »Keine Musik, keine Fackeln, kein richtiges Feuer, sag bloß, wir sind zu spät.«

»Nein.«

»Was ist dann?«

»Das«, sagte er und wies anklagend nach oben. Lucie und Karla erhoben den Blick, und da sahen sie, hoch auf der Mauer, zusammengeduckt und mit seinem weiten Mantel flatternd, daß es aussah wie eine riesige Fledermaus, ein seltsames Geschöpf, das sich nun vornüberbeugte, als wolle es kein Wort verpassen.

»Er stürzt gleich ab«, sagte Karla.

»Der stürzt nicht ab«, meinte Joachim bitter. »Den ganzen Abend springt er schon da oben herum, schneidet Grimassen und äfft uns nach, piepst und pfeift und flötet und fuchtelt und läßt einfach keine Stimmung aufkommen. Ein paar sind schon wieder weg. Wenn er wenigstens mal herunterkäme, daß man sich richtig mit ihm auseinandersetzen könnte.«

Lucie lehnte sich noch ein Stück zurück und betrachtete den Fremden genauer, der sich nun in voller Größe aufgerichtet hatte, man sah sein weißgeschminktes Gesicht und die nach oben gebürsteten dunklen Haare, die mit Gel oder Pomade zu Zacken geformt waren, so daß sie Blütenblättern glichen. »Er sieht aus wie eine Tulpe«, sagte sie, »eine schwarze Tulpe.«

Als wolle er seine Zustimmung bekunden, bewegte der Mauertänzer die Hände, daß sein Silberschmuck, mit dem er reichlich behängt war, klirrte, machte einen Tanzschritt und verbeugte sich.

»Komm runter«, rief Lucie.

Er verbeugte sich noch einmal und hüpfte dann leichtfüßig von einer Bresche zur nächsten, verschwand für kurze Zeit hinter einem Vorsprung, tauchte dann aber weiter unten wieder auf und landete schließlich mit einem letzten großen Satz vor Lucies Füßen auf dem Boden, wo er einen Moment zusammengekauert in der Hocke blieb. Langsam erhob er sich wieder, klopfte den Staub von seinen Knien, zog den Mantel enger um sich und verschränkte herausfordernd die Arme über der Brust. Er wirkte nun weit kleiner als auf der Mauer, fast schmächtig, trotz der hochgebürsteten Haare war er nur wenig größer als Lucie, die nun um ihn herumspazierte, als wäre er tatsächlich ein sonderbares Tier, das es zu begutachten galt.

»Laß ihn«, sagte Karla, die plötzlich zu frösteln begann. »Der hat doch irgendwas vor.«

Aber Lucie hörte nicht. Behutsam, um nichts zu zerstören, berührte sie das wie gelackt wirkende hochgetürmte Haar. »Einfach toll. Macht das viel Arbeit?«

Er schüttelte den Kopf.

»Und was soll das Theater, das du hier veranstaltest?«

Er hob die Schultern und ließ sie wieder fallen.

»Bist du stumm oder was?« fragte sie.

»Nicht daß ich wüßte«, meinte er.

»Na also. Wie wäre es mit einem Schluck Rotwein?«

Als habe sie mit dieser simplen Einladung einen Bann gebrochen, fiel die fast hypnotische Erstarrung von Joachim und den anderen. Sie wandten sich dem Feuer, den Fackeln, den Getränken zu und überließen es nun völlig ihr, das Rätsel des Eindringlings zu lösen. Vom Fahrweg her kam ein Trupp neuer Gäste, laut und lärmend brachen sie in den Burghof ein, stürmten die Gewölbe, drehten die Musik im Keller voll auf, so daß es dumpf und rhythmisch wie aus unterirdischen Regionen zu hallen schien, schrien nach Wein und Bier, versorgten sich an dem bis jetzt unberührt gebliebenen kalten Büfett, und bald war das Fest, wie es sein sollte, wild und ungezügelt, aufgelöst in Pärchen und Gruppen, die sich überall und nirgends fanden. Geschrei und Gelächter vertrieben die letzten Spuren von Beklemmung, und Joachim, etwas beschämt, weil er sich so hatte ins Bockshorn jagen lassen, und auch ein bißchen eifersüchtig auf Lucie, die aus dem Trauerspiel im Handumdrehen ein Lustspiel gemacht hatte, schaufelte einen Teller Geflügelsalat in sich hinein und verkündete zwischen den einzelnen Bissen schwer atmend, daß nun kommen könne, was wolle, er lasse sich nichts mehr gefallen.

»Aber sicher«, stimmte ihm Karla zu, die auf einer umgestülpten Holzkiste neben ihm saß und sich mit Kartoffelsalat und Würstchen versorgt hatte, »was kann er euch denn schon antun. Satansjünger, Vollmondnacht, alles schön und gut, aber in seinen Bann gezogen hat er bis jetzt nur eine.«

»An wen denkst du?« fragte Joachim mit vollem Mund.

»Na, an wen schon. An Lucie natürlich. Sie ist mal wieder völlig hin.«

»Bist du dir da sicher?«

»Ich kenne sie. Lucie ist absolut verführbar. Eine schwarze Tulpe, die auf einer Mauer blüht, mehr braucht sie nicht.«

»Blüht?«

»Ich rede schon wie sie. Erinnerst du dich an unsere letzte Klassenfahrt nach England? Da war doch dieser versoffene Typ in dem Pub in Bristol. Sie hat ein Gedicht auf ihn gemacht. Nicht, daß es mich stört. Ich will dich nur darauf hinweisen.«

»Gut, gut«, sagte er störrisch. »Soll ich mir jetzt die Haare wachsen lassen und nach oben frisieren, oder ein Bier nach dem anderen trinken, damit ich interessanter für sie werde?«

»Vielleicht. Irgend so was in der Richtung. Du bist einfach zu langweilig. Du weißt jetzt schon, was du studieren willst.«

»Und das wertet mich ab, ja? Mein Vater ist Tierarzt, und deshalb werde ich Tiermedizin studieren und bei ihm einsteigen. Es gefällt mir, und es bietet sich an.«

»Siehst du.«

»Ist doch wirklich nichts dagegen einzuwenden, oder? Es werden nicht alle als Genies geboren, wie Lucie anscheinend eines ist. Und wenn ich mal mit meinem Arm bis zum Ellbogen im Hintern einer Kuh stecke, nimmt sie vielleicht gerade den Nobelpreis entgegen.« Wütend stand er auf und warf seinen leergegessenen Pappteller ins Feuer. »Wo ist sie eigentlich?«

»In einem der Gewölbe, nehme ich an.« Karla seufzte, schob sich den Rest ihres Würstchens in den Mund, schluckte es voll Andacht hinunter und erhob dann anklagend einen Finger gegen ihn. »Schon gut, schon gut, auch wenn du nichts sagst. Du möchtest, daß ich mal nach ihr sehe.«

»Ja.«

»Trotz alledem?«

»Trotz alledem.«

Es gab mehrere Kellergewölbe, untereinander mit Treppen verbunden, nur notdürftig von ein oder zwei Fackeln erhellt, die Joachim und seine Freunde in irgendwelche Mauerlücken gesteckt hatten, manchmal abenteuerlich schräg, so daß sie jeden Moment herunterzufallen drohten. Nur in dem Raum, in dem das improvisierte kalte Büfett aufgebaut war, gab es Kerzen, damit die Leute erkennen konnten, was sie auf ihre Teller taten, und als Karla auf der Suche nach Lucie dort durchkam, beschloß sie, ihrer Freundin etwas zu essen mitzunehmen, es konnte wie Fürsorge aussehen, war aber gleichzeitig ein Vorwand, ihr nachzuspüren. Sie fand die beiden ganz allein in dem ehemaligen Verlies, in das auch der Brunnenschacht mündete. Weit weg schienen hier die Musik und die Gesprächsfetzen der anderen, das Gestampfe ihrer Füße beim Tanzen und das Klirren der Bierflaschen, mit denen sie anstießen, um sie dann auf einen Zug auszutrinken, sich maßlos fühlend, ohne es doch wirklich zu sein.

Sie saßen einander gegenüber, Lucie und die schwarze Tulpe, auf zwei großen Steinbrocken, eine Rotweinflasche, die schon fast geleert war, zwischen sich, sie sprachen leise miteinander, und ihre sparsamen Bewegungen, wenn sie den Pappbecher an den Mund hoben, um zu trinken, oder wenn Lucie sich das Haar hinters Ohr strich oder wenn die Tulpe eine Hand hob, um etwas zu erklären, wurden von ihren ins Riesenhafte vergrößerten Schatten an der Wand nachgezeichnet. Es gab nur eine einzige Lichtquelle, eine in einen Sandeimer gesteckte Fackel dicht neben ihnen, sie tauchte die beiden in ihren gelblichen Schein und ließ den zum Eingang hingewandten Teil des Raumes in Dunkelheit versinken, so daß Karla sich mit ihrem gefüllten Teller unbemerkt an die Wand lehnen konnte, wo sie erst einmal abwartete, unsicher, ob sie dieses zärtlich ineinander verwobene Hin und Her von Worten überhaupt stören dürfe.

»Tulpe«, sagte Lucie gerade, »macht das wirklich Spaß, tote alte Frauen im Sarg hochzuzerren, um ihnen dann einen Blumenhut aufzusetzen?«

»Nun ja«, meinte er sinnierend. »Ich weiß nicht einmal genau, ob es Spaß macht, es unterbricht die Langeweile, und das ist schon viel.«

»Wenn ich mich langweile, lese ich.«

Er gab ein leises freundliches Lachen von sich. »Rilkes *Cornet,* nehme ich an, und dann, ganz sicher, den *Kleinen Prinzen.*«

»Eigentlich nicht. Es ist *Seatons Tante,* was ich am liebsten mag. Kennst du das?«

Nachdenklich bettete er sein Kinn in die Hand und hielt den Kopf schräg, damit er sie besser ansehen konnte. »Ja«, sagte er, »ja, ich kenne es.«

»Einfach schön«, meinte Lucie, »ohne daß ich groß erklären könnte, warum. Weißt du, der *Cornet* und sogar *Der Kleine Prinz* sind irgendwie laut, damit meine ich, sie dringen sofort durch, man ist auf der Stelle angerührt, vielleicht sogar ergriffen, diese Geschichte aber ist leise, so leise, als wäre sie in Nebel verpackt, sie entzieht sich eher.«

»Ja«, sagte er.

Karla hielt es nicht länger aus. »Lieber Himmel«, rief sie. »Da hast du ja mal endlich jemanden gefunden, der dich versteht.« Sie schob sich aus ihrem Winkel und hielt Lucie den reichlich gefüllten Teller hin. »Vielleicht hast du Hunger«, meinte sie. »Du hast seit Stunden nichts Richtiges gegessen.«

»Karla«, sagte Lucie. »Kannst du denn immer nur ans Essen denken? Ich will jetzt nicht. Mir geht's gut.«

»Von Worten wird man nicht satt«, meinte Karla störrisch.

»Ich vielleicht schon.«

Sie schwiegen. Die Tulpe starrte mit ihrem weißgeschminkten Gesicht ungerührt vor sich hin, während Lucie verdrossen mit den Füßen auf dem sandigen Boden zu scharren begann, und zu den zwei Schatten an der Wand hatte sich nun ein dritter gesellt. Es sah aus, als hielte irgendein ungeschlachtes Wesen den beiden anderen eine Art Bettelschale hin. »Geflügelsalat«, erklärte Karla schließlich, »etwas Weißbrot, eine Selleriestange.«

»Geht sicher noch in dich rein, und jetzt verzieh dich endlich«, sagte Lucie.

»Ach ja, ach ja«, meinte Karla. »Bist du mal wieder betört? Meinetwegen. Aber dann sieh zu, wer dich nach Hause bringt, ich ganz sicher nicht. Frag doch deine Tulpe hier, vielleicht kann er wirklich fliegen und trägt dich auf schwarzen Schwingen über die Stadt.«

»Das hat doch was, nur weiter so.«

Karla hieb den Teller so heftig auf den Boden, daß der Salat weit umherspritzte. »Ich fahre jetzt in den Tanzpalast«, verkündete sie. »Und eines sag ich dir, komm morgen nicht angekrochen und trag mir dein neuestes Gedicht über diese Ratte hier vor. Mir steht dein poetisches Gesülze bis zum Hals. Ich bin fett und denke nur ans Essen und habe natürlich von euren erhabenen Gefühlen keine Ahnung.«

Lucie zuckte nur mit den Schultern. »Jetzt reg dich mal langsam ab, ja. Ich bin in meinem ganzen Leben noch nicht einmal zu dir gekrochen.«

»Doch.«

»Und wann wäre das gewesen?«

»Letztes Jahr im Herbst, als du das erstemal ein Buch von diesem Trakl in die Finger bekommen hast. Du bist durch die ganze Stadt und die Stiege hochgerannt, um es mir vorzulesen. Ich saß im Garten und trank gerade Kaffee mit Eins, Zwei und Drei, und du kamst herangekeucht, als wäre jemand hinter dir her.«

»O ja«, sagte Lucie verträumt. »Ich erinnere mich. Es war ein schönes Bild. Ihr habt unter der Kastanie gesessen und, das glaube ich wenigstens, Zwetschgenkuchen gegessen. Mit Sahne.«

»Immer nur mit Sahne.«

»Ich habe es euch vorgelesen.«

»Ja.« Es war ein schönes Bild, auch Karla erinnerte sich. Lucies Gesicht, glühend von dem schnellen Aufstieg, Lucies Stimme unter dem riesigen alten Baum, dessen Blätter leise rauschten. Vorbei, für immer vorbei. Sie hatte alles zerstört.

## 3

Frau Bornemann stand in ihrem Laden, der sich »Tracht und Mode« nannte, und hielt sich mit den Fingerspitzen an der kostbaren Mahagonitheke fest. Obwohl sie erst vor einer halben Stunde geöffnet hatte, war ihr Pegel schon ziemlich hoch, hatte sie das Zittern unter Kontrolle, genügte ihr eine winzige Erfrischung in regelmäßigen Abständen. Wer sie nicht genau kannte, merkte ihr nichts an, höchstens ein leichtes Schwanken, wenn sie sich von der Theke löste, um einer Kundin etwas zu zeigen. Aber hatte sie erst einmal den Kurs eingeschlagen, wirkte sie beherrscht und so kühl und elegant, daß sie manche Frauen sogar einschüchterte.

Und was Frau Schimlak, ihre Angestellte anging, angegraut, schlampig und etwas flattrig, so sprang sie wie ein guter Geist um sie herum, nahm ihr jeden weiteren Weg ab, kochte Kaffee, hielt die Ladentür offen, damit frische Luft hereinkam, und ging mit Frau Bornemanns Hund Gassi.

An diesem Morgen war Frau Bornemann schon das zweitemal nach hinten in die Toilette gegangen, wo sie in einem Regal, sorgfältig hinter einem Vorhang versteckt, ihren Vorrat an Hochprozentigem aufbewahrte. Auf dem Regal stand die Büchse mit den Pfefferminzpastillen, daneben eine Fotografie in einem ovalen Goldrahmen, die sie,

Herrn Bornemann und Karla zeigte. Zu der Zeit, als sie das Bild hatten machen lassen, hatte sie noch nicht getrunken, Karla war noch nicht dick gewesen, und Herr Bornemann war noch nicht über jedes weibliche Wesen hergefallen, das auch nur im geringsten auf seine Annäherungsversuche einging. Wenn sie auf dem Klodeckel saß und trank, hatte sie das Bild im Blick und prostete ihm jedesmal zu. »Auf die alten Zeiten«, sagte sie dann, und die drei Gesichter sahen sie freundlich lächelnd an.

Der Laden ging gut. Sie führten unter anderem Dirndl, die mehrere tausend Mark kosteten und trotzdem weggingen, und was man auch sonst Herrn Bornemann vorwerfen konnte, die Ware, die er auf den Messen orderte, war geschmackvoll und sprach die Damen an, und so hatten seine Seitensprünge wenigstens den Vorteil, daß er wußte, was Frauen wünschten.

Der Hund jaulte, und Frau Schimlak sah ihre Chefin fragend an. Konnte sie es riskieren, ihr den Laden eine halbe Stunde allein zu überlassen? Sie erschien ihr abwesender als sonst, aber draußen vor den Fenstern war niemand, die Tür stand weit offen, ein leichter Luftzug drang herein und brachte etwas von der Kühle mit, die der Morgen noch in sich trug. Die Lorbeerbäume in ihren weißen Kübeln, die den Eingang flankierten, schimmerten in einem satten Grün, und der dicke Teppichboden im Laden war erst gestern abend von Frau Schimlak gründlich gereinigt worden, so daß die Streifen, die der Staubsauger hinterlassen hatte, noch sichtbar waren. Bis auf Frau Bornemanns immer noch leicht zitternde Fingerspitzen auf der Theke hätte man sich kein friedlicheres Bild vorstellen können.

»Nun gehen Sie schon«, sagte Frau Bornemann. »Karla ist die ganze Nacht nicht nach Hause gekommen, und da regt man sich natürlich auf.«

Frau Schimlak, die einen arbeitslosen Mann, eine geschiedene Tochter und einen schwierigen Enkel hatte, schenkte ihr einen mitleidigen Blick. »Hat nicht mal angerufen?«

»Nein, hat sie nicht.«

»Sie wird sich schon melden. Diese Zeit nach dem Abitur macht ja alle ein bißchen verrückt. Eine Feier nach der anderen. Sie wissen, daß sie sich bald aus den Augen verlieren, und finden einfach kein Ende. Wahrscheinlich hat sie zuviel getrunken und hat bei Lucie übernachtet. Soll ich mal dort anrufen und fragen?«

»Warten wir noch«, sagte Frau Bornemann. »Schläft sie dort, ist es gut, ist was passiert, werde ich es schon erfahren.«

Während Frau Schimlak, die ihrerseits immer auf dem Sprung war, den Mann aufzumöbeln, die Tochter zu beruhigen, den Enkel an die Kandare zu nehmen, noch über diesen weisen Spruch nachdachte, betrat eine junge Frau den Laden, die sie beide nicht kannten. Viele, die kamen, waren Stammkundinnen, mit denen man ein Schwätzchen halten konnte, sie wußten eigentlich immer, was sie wollten. Dann gab es die, die sich nur umsahen, die kostbaren Dirndl außer acht ließen, um schließlich mit einem bestickten Gürtel, einem Tuch oder einer Brosche abzuziehen. Diese Frau hier aber lief ohne Umstände zu einem der Ständer, schob die Bügel nervös hin und her und befingerte die Stoffe, als sei sie dazu bestellt, ihre Qualität zu prüfen.

Frau Schimlak blieb in höflichem Abstand neben ihr stehen. »Kann ich Ihnen helfen?« fragte sie.

»Ich sehe doch einigermaßen erwachsen aus, oder?« meinte das Geschöpf schnippisch. »Ich brauche niemanden, der mir nur was aufschwätzen will.«

Frau Schimlak bewahrte stoische Ruhe, betrachtete die Hose aus dunkelrotem Samt und die schwarze durchbrochene Bluse, die die Frau trug, tippte auf einen indischen Ramschladen und überlegte, wo sie das Fleckenwasser stehen hatte.

»Das probier ich mal an«, sagte die Frau.

»Aber gern«, lächelte Frau Schimlak. »Sie werden entzückend darin aussehen, gnädige Frau.«

Die Gnädige verschwand mit dem Dirndl, das sie sich ausgesucht hatte, in einer Kabine und schickte nun unter Murmeln und Klagelauten Botschaften hinter dem Vorhang hervor: »Mein Mann ist der neue Staatsanwalt, wissen Sie… Gott, diese Knöpfe gehen aber schwer auf… wir sind sozusagen gerade erst in dieses Nest gezogen… soll ich Ihnen sagen, was mir in der Buchhandlung passiert ist? Ist diese Schürze angenäht oder was? Die wußten nicht einmal, wer Sylvia Plath ist.«

»Sie hätten in die Buchhandlung am Bahnhof gehen sollen, die hier in der Stadt führt doch fast nur Schreibwaren und Illustrierte. Aber, um ehrlich zu sein…« Frau Schimlak brach ab, kreuzte die Hände über dem Bauch und blickte ergeben zur Decke. Auch sie hatte keine Ahnung, wer Sylvia Plath war, aber wenn diese Kuh von ihr begeistert war, wollte sie sie auch gar nicht kennenlernen.

Der Vorhang wurde zurückgeschoben, die Frau kam

heraus und stellte sich vor den Spiegel. Sie sah ein bißchen verhungert aus in dem Kleid, es hätte einfach besser ausgefüllt sein müssen.

»Wie für Sie gemacht«, sagte Frau Schimlak, »finden Sie nicht auch, Frau Bornemann?«

Es war ein flaschengrünes Abenddirndl mit goldgetriebenen Knöpfen im Wert eines Kleinwagens, und Frau Schimlak ächzte innerlich, als seine Trägerin daran herumzerrte und zog, während sie sich vor dem Spiegel drehte. Wie zufällig bekam die Frau dabei durch eine der Schaufensterscheiben die Straße in den Blick, gab eine Sekunde Ruhe und stemmte beide Arme in die Hüften. »Nun sehen Sie sich mal dieses Trampel an«, rief sie.

Frau Schimlak folgte ihrem Blick und wurde rot. Es war Karla, die da kam, Karla, die sich sonst hier so gut wie nie blicken ließ, eine zerrupfte Karla, mit vom Weinen aufgedunsenem Gesicht, die nun in den Laden stürzte, als wäre er eine schützende Höhle und sie ein Tier, das Unterschlupf sucht. Frau Bornemann, die die ganze Zeit völlig unbeteiligt dagestanden hatte, hob plötzlich die Finger von der Theke, wandte sich der seltsamen Kundin zu und zeigte zur Tür. »Raus mit Ihnen«, sagte sie kalt. »Raus, und zwar so schnell wie möglich.« Erst dann ging sie zu ihrer Tochter, die inzwischen auf einen Stuhl gesunken war, den der aufgestörte Hund ratlos und leise fiepend umkreiste. Karla legte ihm eine Hand auf den Kopf und heulte noch lauter.

»Lucie«, stieß sie zwischen den einzelnen Schluchzern hervor, »Lucie…«

Die Frau des Staatsanwaltes hatte sich in die Kabine

zurückgezogen und anscheinend in Windeseile des Dirndls entledigt, war wieder in ihre Sachen geschlüpft und erschien nun mit einem spitzen und fast grauen Gesicht, das sie um Jahre älter machte. »Das hat Folgen«, schnappte sie, »dieses unmögliche Verhalten werden Sie mir büßen.« Im Vorübergehen wischte sie über einen Tisch mit liebevoll ausgelegten Schals, so, daß sie alle auf dem Boden landeten, stieß die Tücher mit der Fußspitze noch weiter auseinander und schoß schließlich mit hocherhobenem Kopf hinaus auf die Straße. Frau Schimlak machte die Tür hinter ihr zu, warf einen Blick auf Frau Bornemann, die Karla zu beruhigen versuchte, und ging in den kleinen Nebenraum, wo sie die Kaffeemaschine stehen hatten und ein bißchen Geschirr aufbewahrten. Und da es Frau Schimlaks feste Überzeugung war, daß bei einer eingetretenen Katastrophe, gleichgültig, welchen Ausmaßes, nur etwas Warmes und der Bericht von anderen Katastrophen helfen konnte, begann sie Kaffeepulver in den Filter zu schaufeln und erzählte über die Schulter von dem letzten Schock, den der Enkel ihr versetzt hatte. »Ich komme in die Wohnung«, sagte sie, während das Wasser zu brodeln begann, »ich hab ja einen Schlüssel, weil meine Tochter oft nicht da ist und ich mich dann ein wenig kümmere, und was finde ich vor? Er sitzt mit einem Mädchen aus seiner Klasse nachmittags um vier, wo draußen die schönste Sonne scheint und andere in seinem Alter Fußball spielen oder Rollschuh laufen, in einem Sessel vor dem Fernseher, und sie sehen sich irgendeinen Mist an, und er knutscht mit ihr.« Sie holte zwei Becher aus einem Fach, tat reichlich Zucker und Milch in jeden und schüttelte dabei den Kopf. »Dabei ist er erst elf, können Sie sich das vorstellen?« Aber der einzige, der ihr mit geneigtem Kopf zuhörte, war der Hund.

Karlas Weinen war allmählich in ein feuchtes Schniefen übergegangen, sie wischte sich mit dem Ärmel ihres T-Shirts über die Augen und schluckte krampfhaft.

»Hattet ihr einen Unfall?« fragte Frau Bornemann.

»Nein.«

»Was ist denn dann?«

»Sie hat durchgedreht. So was hab ich noch nie erlebt. Es war schrecklich.«

Ihre Mutter strich ihr das feuchte Haar aus dem Gesicht und seufzte leise. »Ihr wart doch auf dieser Abiturfeier, hab ich recht? Sie wird zuviel getrunken haben.«

»Nein.« Karla setzte sich aufrecht und nahm von Frau Schimlak den Becher mit dampfendem Kaffee entgegen. Frau Bornemann wies den ihr zugedachten zurück, zog sich den Schemel heran, den Frau Schimlak benutzte, wenn sie einen Saum absteckte, denn ihre Arthritis ließ sie, kniete sie erst einmal auf dem Boden, nur schwer wieder hochkommen.

»Jetzt erzähl mal von Anfang an.«

»Wir waren den ganzen Nachmittag und Abend in Lucies Zimmer, haben geredet und geschlafen und sind dann spät in der Nacht losgefahren. Und dann war da so ein komischer Bursche auf der Burg, der gerade dabei war, Joachims Fest kaputtzumachen.«

»Ihr wart also auf der Burg?«

»Ja... sag ich doch.«

»Gut. Weiter.«

»Es war einer von diesen Satansjüngern, da bin ich mir

sicher. Sie haben ja angekündigt, daß sie irgendwas unternehmen. Er war ganz in Schwarz, das Gesicht weiß geschminkt und die Haare hochgekämmt.«

»Dracula?«

»In etwa. Er hopste auf der Mauer rum, und keiner wußte so recht, was das eigentlich sollte, bis Lucie auf der Bildfläche erschien und sich um ihn kümmerte. Er folgte ihr wie ein Hündchen. Sie sind dann in einem der Gewölbe verschwunden, und das Fest kam in Fahrt. Ich hab mir was zu essen besorgt und mich erst einmal zu Joachim gesetzt, und dann ließ es mir und Joachim keine Ruhe, also ging ich sie suchen.«

»Und du hast sie gefunden?«

»Im letzten Keller, ja. Sie saßen beisammen und redeten über Bücher.«

»Klingt nicht sehr beunruhigend.«

»Das war es auch nicht. Ich wollte mich ihnen irgendwie anschließen, aber Lucie hat mich regelrecht verjagt.«

Frau Bornemann lächelte müde. »Ich will dir ja nicht zu nahe treten, Karla, aber was Lucie angeht, bist du wirklich eine Klette.«

»Findest du?«

»Ja. Siehst du, Lucie ist nun mal vernarrt in Bücher und glücklich, wenn sie jemanden trifft, der ähnlich verrückt ist.«

»Das weiß ich. Aber darum geht es gar nicht mehr. Wäre ich nicht so beleidigt gewesen und weggegangen...« Karla trank den letzten Schluck Kaffee, stellte den leeren Becher auf den Boden und starrte mit einem trostlosen Ausdruck vor sich hin. Frau Bornemann wartete geduldig, obwohl sie das dringende Bedürfnis verspürte, nach hinten zu gehen und einen Schluck zu nehmen. Warum heiratete man und bekam Kinder? Es war eine Falle, die die Natur einem stellte, mit diesen hilflosen kleinen Wesen, die, wenn man eines ihrer winzigen Fingerchen in die Hand nahm, den Wunsch weckten, auch so etwas zu haben, bis man dann Jahre später jemand Fremden vor sich hatte, dessen Reaktionen zu verstehen und in den hineinzusehen sich manchmal als geradezu unmöglich erwies.

»Ich bin also weg«, fuhr Karla fort, nachdem sie tief Atem geholt hatte. »Ich hatte so einen Zorn, daß ich nicht mehr auf der Burg bleiben wollte. Ich bin rumgefahren, war im ›Dudelsack‹ und danach im ›Tanzpalast‹, aber es war so öde ohne Lucie, und da dachte ich, als es draußen hell wurde, ich fahr doch noch mal hoch und bring sie heim… wenn sie überhaupt noch da ist.«

»Und sie war noch da?«

»O ja«, sagte Karla. »Das war sie.«

Frau Schimlak war inzwischen mit dem Hund Gassi gegangen. Karlas Mutter erhob sich, ging nach hinten, nahm einen kräftigen Schluck und kam mit einem nassen Waschlappen zurück.

»Drück das mal auf deine Augen«, sagte sie und tat es gleich selbst. Ein Sonnenstrahl hatte wie ein zittriger Finger den roten Vorhang vor einer der Umkleidekabinen erreicht und ließ ihn purpurn schimmern. Aus einem Raum im Stock über ihnen drang gedämpft, aber trotzdem gut vernehmbar, Klaviermusik, die ersten Schüler der städtischen Musikschule waren eingetroffen und hatten mit dem Unterricht begonnen.

»Das Forellenquintett«, sagte Frau Bornemann.

Das ständige Üben den ganzen Tag über ihrem Kopf hatte sie noch nie gestört. Als sie den Laden hier in der Seitenstraße angemietet hatten, war die Schule schon dagewesen, und sie wußte, was sie erwartete. Manchmal ging sie in den kleinen, von Häusermauern umgebenen Hof hinter dem Laden und ließ, auf einem der alten wackligen Stühle sitzend, die schon bei ihrem Vorgänger dort gestanden haben mußten, die Musik aus den meistens geöffneten Fenstern der Schule auf sich herunterrieseln, rauchte und trank dabei, betrachtete müßig Disteln und Brennesseln, die zwischen den gesprungenen Steinplatten ihren Weg gefunden hatten, und träumte, daß Karla gerade da oben geigte oder Klavier spielte. Eine schmale, ätherische Karla in einem dunklen, fließenden Kleid mit langen, weiten Ärmeln, die zurückfielen, bevor sie die Hände auf die Tasten legte oder den Bogen der Geige hob, eine Karla, der ein langer, seidig glänzender Zopf in den Nacken hing, eine Karla, um die sie alle beneideten, bei deren gelegentlichen Auftritten sie mit ihrem Mann in der ersten Reihe saß und, während sie auf die Bühne blickte, voll Stolz dachte, das ist mein Kind. Das gab es, natürlich gab es das, aber nicht bei ihnen. Und nun saß sie hier und drückte diesem aufgequollenen Kloß einen nassen Lappen ins Gesicht. Das Leben war ungerecht. Sie erinnerte sich an das Gespräch, das sie nach Herrn Bornemanns ersten Seitensprüngen mit einem Psychiater geführt hatte, weil sie glaubte, einfach nicht darüber wegkommen zu können.

»Trifft es sie denn so sehr?« hatte der Psychiater gefragt.

»Ich will es Ihnen erklären«, war damals ihre Antwort

gewesen. »Es war an einem dieser Sonntagnachmittage, an denen er immer unterwegs war, und ich saß auf dem Sofa und geriet im Fernsehen in diesen alten Film über den Untergang der Titanic. Es kam die Szene mit dem Ehepaar, es geht dabei um das letzte Rettungsboot und den letzten Platz darin. Die Frau wird gedrängt, sich zu beeilen, aber sie sagt, daß sie vierzig Jahre mit ihrem Mann zusammen war und ihn jetzt nicht allein zurückläßt. Da fing ich auf meinem Sofa an, wie ein kranker Hund zu heulen, ich weinte nicht, ich heulte, und ich konnte von Glück reden, daß zu der Zeit niemand im Haus war, sonst hätte man mich in eine Irrenanstalt geschafft.«

»Und warum haben Sie so reagiert?« hatte der Psychiater gefragt.

»Weil mir in diesem Moment schlagartig klar geworden ist, was mein Mann unter diesen Umständen getan hätte.«

»Und was hätte er Ihrer Ansicht nach getan?«

»Er hätte mich in den Arm genommen und geküßt und gefragt, ob nicht er, wenn ich ihn schon nicht wolle, den Platz haben könne.«

Der Psychiater hatte lange geschwiegen und sie ernst und nachdenklich angesehen. »So denken Sie von ihm?«

»Ja.«

»Warum verlassen Sie ihn dann nicht?«

»Weil ich nicht ohne ihn in das Boot steige.«

»Seltsam.« Er hatte ergeben die Arme ausgebreitet. »Wie soll ich Ihnen helfen. Sie sind einfach nur altmodisch.«

»Ja«, hatte sie gesagt. »Das trifft es wahrscheinlich.« Und so war sie damals nach Hause gegangen und hatte mit dem Trinken angefangen, mit diesem langsamen und bewußten

Akt einer Selbstzerstörung, bei dem sie aber, und das begann sie jetzt zu begreifen, Karla außer acht gelassen hatte. Sie legte den Waschlappen zur Seite, nahm Karlas Hand zwischen ihre beiden noch feuchten Hände und drückte sie sanft. »Erzähl weiter«, sagte sie.

Frau Schimlak war zurückgekommen, hatte dem Hund ein Schüsselchen mit Wasser hingestellt und begann nun in diskreter Hörweite die Schals, die sie vorhin nur flüchtig auf den Tisch zurückgelegt hatte, so zu dekorieren, daß sie wieder ansprechend aussahen.

»Ich fuhr also zurück zum Parkplatz unten am Wasser, weil ich den Fahrweg oben durch den Wald nicht kenne. Der Fußweg zur Burg hinauf ist ganz schön gemein, aber Lucie war es mir wert, und ich war ihr auch überhaupt nicht mehr böse, ich dachte mir eben, Lucie ist Lucie, und daß sie so eingenommen ist von Menschen oder Dingen, die ihr gefallen, und dabei andere einfach zur Seite schiebt, das gehört zu ihr. Es war schon richtig hell und alles feucht vom Tau, die Vögel tobten wie verrückt, und ich lief diese Zickzackserpentinen hoch, und irgendeine Ahnung drückte mir die Brust zusammen, je höher ich kam. Oben geht dann der Weg ein Stück gerade, ich ging langsamer, um wieder zu Atem zu kommen, da hörte ich ein Kreischen. Ich fing an zu rennen und kam gerade in den Burghof, als sie versuchten, Lucie von einer Mauer zu zerren, hinter der es tief hinunter in den Graben geht, und am Eingang zu den Kellern stand dieser schwarze Teufel, mit dem sie zusammengewesen war, tat nichts, um Lucie zu helfen, legte nur einen Moment die Hände übers Gesicht, so, als wolle er auslöschen, was da geschah.« Sie verstummte.

»Und dann?« fragte ihre Mutter.

»Dann ging er ganz langsam weg und verschwand im Wald.«

»Lucie ist nicht in den Graben gesprungen?«

»Nein, sie konnten sie festhalten. Zum Glück waren sie noch dagewesen, sie waren gerade beim Aufräumen, wie Joachim mir später gesagt hat, sie hatten den Kombi vom Parkplatz hochgeholt und die Getränkekisten und all den anderen Kram eingeladen und wollten nur noch ein paar Pappbecher einsammeln, als Lucie aus dem Gewölbe gestürzt kam. Sie war verhext.«

»Ich nehme eher an, man hat ihr eine Droge gegeben. Ihr habt sie doch hoffentlich gleich ins Krankenhaus geschafft?«

»Nein«, sagte Karla verlegen.

»Und warum nicht?«

»Nun, Joachim und seine Freunde waren auch nicht gerade…«

»In einem einwandfreien Zustand.«

»So kann man es ausdrücken.«

»Aber du warst doch in Ordnung?«

»Sicher, aber ich hatte nichts zu melden. Ich saß hinten zwischen den leeren Flaschen und den Säcken voll Müll und hielt sie fest und redete mit ihr, aber sie war wie jemand, der einen Anfall nach dem anderen hat, ihre Augen waren verdreht, daß man nur das Weiße sah, und aus den Mundwinkeln kam Speichel.«

»Wahrscheinlich LSD«, sagte Frau Schimlak, die auf allen Gebieten Bescheid wußte.

»Meinen Sie?« Karla wandte sich ihr zu.

»Es kann bei manchen diese Wirkung haben. Einen völligen Absturz. Sie sehen dann Monster und alles mögliche, während andere sich wie im Paradies fühlen.« Sie machte eine Pause. »Sagt man, sagt man«, fügte sie dann eilig hinzu, als könnte sie in den Verdacht geraten, schon selbst einmal so etwas ausprobiert zu haben.

Frau Bornemann ließ Karlas Hand los, erhob sich mühsam von dem niedrigen Hocker und drückte mit in die Seiten gestützten Armen ihr Kreuz durch. »Also, lang kann auf so was wirklich niemand sitzen«, meinte sie dabei und fuhr sich mit der Zungenspitze über die trockenen Lippen. »Ihr habt sie nach Hause gebracht?«

»Ja. Auf dem Marktplatz war noch nicht viel los, so konnte Joachim mit dem Kombi ganz nah an Swerdlas Tür fahren, gerade so, als würden wir Ware bringen, zu viert zogen wir Lucie heraus und schleiften sie an ihren Eltern vorbei durch den Laden die Treppen hoch in ihr Zimmer. Und dann haben sich Joachim und seine Freunde verdrückt, und ich war mit Lucie und den Swerdlas allein.«

»Armes Ding«, sagte Frau Schimlak.

»Ich hielt Lucie fest und versuchte, sie weiter zu beruhigen, ihr das nasse Haar zurückzustreichen und mit meinem Taschentuch den Speichel abzuwischen, und währenddessen stritten sich Swerdlas über das Bett weg.«

»Warum?«

»Er wollte unbedingt über Notruf einen Ambulanzwagen holen, und sie sagte immer, es wäre eine Schande und gerade Lucie, mit der noch nie was war, und niemand dürfe auch nur das Geringste erfahren und wahrscheinlich wäre sie nur betrunken und das Trinken eben einfach nicht gewöhnt und sie möchte, daß Rupert kommt und sich um sie kümmert.«

»Wer ist Rupert?« fragte Frau Bornemann.

»Der Dicke vom Sanatorium. Seine Mutter hat ihm dort eine Kapelle hingebaut, und seitdem hält er darin Gottesdienste, und Swerdlas hängen ihm an.«

»Hängen ihm an?«

»Es ist eine Art Gemeinde«, bestätigte Frau Schimlak. Diese Swerdlas sind beide so dumm, daß es manchmal nicht zum Aushalten ist. Wie kann man sich nur an diesen Rupert halten.«

»Ich mochte sie eigentlich immer sehr«, sagte Karla, »sie waren so nett und irgendwie häuslich.«

»Eng«, meinte Frau Bornemann.

»Was meinst du damit?«

»Manchmal ist nett und häuslich nur eng. Aber das tut hier nichts zur Sache. Ich nehme an, Frau Swerdla hat sich durchgesetzt.«

»Ja. Sie hat vom Flur aus im Sanatorium angerufen, sie haben da einen zweiten Apparat, weißt du, und schrecklich geheimnisvoll getan, man konnte im Zimmer alles mithören. Danach kam sie wieder rein und sagte, ich solle niemandem was erzählen und Joachim und den anderen Bescheid geben, daß sie auch den Mund halten, und alles würde wieder gut.«

»Das wird es doch sicher auch.«

»Nein, eben nicht.« Karla wandte ihr das verquollene Gesicht zu. »Sie haben mich später weggeschickt, und unten traf ich auf Rupert, der in den Laden gehechelt kam, als wäre er den ganzen Weg gerannt, und statt wegzugehen, bin ich ganz leise hinter ihm die Treppe wieder hoch und hab dabei alles mitbekommen. Fast alles.«

»Und das war?«

»Er redete ununterbrochen, sagte, er würde später noch einmal mit Medikamenten kommen, aber zunächst wisse er nur ein Mittel, das ihr helfen könne. Ein Dämon sei in Lucie gefahren, und da sie noch Jungfrau sei... sie sei doch sicher noch Jungfrau...«

»Dieses Schwein«, keuchte Frau Schimlak.

»Nun«, fuhr Karla fort, »er meinte, daß er und Lucie so gut wie verlobt seien und es käme auf eines hinaus, ob jetzt oder später, und obwohl Herr Swerdla protestierte, war Frau Swerdla einverstanden.«

»Natürlich, ihm gehört einmal das ganze Sanatorium«, sagte Frau Schimlak.

»Ich bin dann endgültig fort«, sagte Karla, »ich wollte nur noch weg. Ich hab sie im Stich gelassen, aber was hätte ich denn tun können?«

Frau Bornemann strich ihr wie abwesend über das struppige Haar. »Nichts, Karla, nichts, wenn es Eltern gibt, die so etwas zulassen! Ich bring dich jetzt nach Hause, du nimmst ein heißes Bad und legst dich hin. Und ich werde da sein, wenn du wach wirst, und mit dir zusammen zu Mittag essen. Gut so?«

»Gut so«, erwiderte Karla mit einem tiefen langen Seufzer und lehnte ihren Kopf an den Arm ihrer Mutter. Frau Bornemann lächelte. »Sie kommen doch ein paar Stunden allein zurecht, Frau Schimlak.«

»Natürlich.«

»Ach und noch was, die Flaschen mit dem Putzmittel in

dem Regal in der Toilette, Sie wissen schon… wären Sie so freundlich, den Inhalt wegzuschütten.«

Frau Schimlak nickte. »Selbstverständlich, Frau Bornemann. Um die Wahrheit zu sagen, ich fand dieses Mittel schon immer etwas zu scharf.«

## 4

Die Frau des Staatsanwalts war so wütend, daß sie ihren Einkaufsbummel abbrach und gleich nach Hause fuhr. Ihr Mann blieb über Mittag im Amt, er nahm sich morgens ein belegtes Brot und Obst mit und aß erst am Abend mit ihr zusammen, und dann war das fast wie eine Zeremonie: der Tisch mit Kerzen und Blumen geschmückt, Silberbesteck, Wein in einer Karaffe, helles Brot in einem Porzellankörbchen mit Veilchenmotiv und immer wieder neu ausprobierte Rezepte, die sie den Frauenzeitschriften entnahm, von denen sie allein vier abonniert hatte.

Obwohl sie sich bei diesen Abendessen nicht viel unterhielten, und wenn, dann auch nur am Rande über seine Kollegen oder die jeweiligen Fälle, an denen er gerade arbeitete, wobei sie ihm zuhörte und nie einer seiner Meinungen widersprach, war dies die Zeit ihrer stärksten Kommunikation. Ihr Liebesleben war eher nüchtern, kaum Leidenschaft von beiden Seiten, nie gab es eine Zänkerei, alles lief, wie es ihrer Ansicht nach laufen sollte, und so betrachtete sie das Auf und Ab bei anderen, Streitigkeiten oder auch plötzliche Ausbrüche von Zärtlichkeit mit dem Abstand eines altklugen Kindes, das sich über Erfahrungen amüsiert, die es selbst nie gemacht hat. Empfindlich und schnell beleidigt war sie aber, wenn man ihr Verhalten kritisierte oder belächelte, und so lief sie jetzt zu dem Parkplatz hinter der Stadtmauer, wo sie ihr Auto abgestellt hatte, mit einem so verbissenen Gesichtsausdruck, daß die Leute, die ihr entgegenkamen, erschrocken zur Seite blickten.

Sie hatten etwas außerhalb der Stadt ein Reihenhaus gemietet, mit einem lieblos gepflasterten Autoabstellplatz vor der Tür, für den sie aber ein hinter dem Haus angelegter und bis zum Waldrand reichender Garten entschädigte, und von diesem Garten aus hatte sie auch ihre jeweiligen Nachbarn das erstemal zu Gesicht bekommen. Links gab es eine Familie mit kleinen Kindern, von denen sie für ihren Geschmack viel zuviel hörte und sah, während sie auf der rechten Seite ein einziges Mal eine ältere Frau beobachtet hatte, die, auf ihren Stock gestützt, zwischen den Junirosen umhergegangen war, um sie zusammenzubinden oder verwelkte Blüten abzuschneiden.

Einem plötzlichen Impuls folgend, beschloß sie, als sie vor ihrem Haus stand und nach dem Türschlüssel kramte, ihren direkten Nachbarn einen Besuch zu machen, um auf diesem Weg vielleicht etwas über die Frau zu erfahren, von der sie gerade so schnöde behandelt worden war. Sie stieg die Stufen hoch und klingelte bei der Nachbarin zur Linken.

Sie öffnete ihr, ein Kind im Arm.

»Guten Tag«, sagte die Frau des Staatsanwalts. »Darf ich mich vorstellen...«

»Nicht nötig, ich kenne Sie doch, Sie sind nebenan eingezogen. Sicher haben Sie sich ausgeschlossen, das ist Ihrem Vorgänger öfter passiert. Er war so ein Träumer, ging vor das Haus und ließ die Tür hinter sich zufallen. Ich habe natürlich den Schlüssel, den er bei mir hinterlegt hatte, nicht mehr. Aber Sie können gern von hier aus telefonieren.«

»Mit meiner Tür ist alles in Ordnung«, entgegnete sie steif. »Ich wollte eigentlich nur einen Antrittsbesuch machen.«

Ihrem Gegenüber blieb fast der Mund offenstehen. »Oh… ja natürlich. Kommen Sie rein. Ich dreh nur schnell das Gas in der Küche kleiner.«

Die Frau des Staatsanwaltes streckte ihr die Hand hin und bekam ein paar feuchte Finger zu fassen. »Bliefert«, stellte sie sich vor, »Ulla Bliefert.«

»Schobel. Entschuldigen Sie bitte, ich war gerade dabei, die Kartoffeln zu waschen.«

»Schon gut.«

»Ja… ja, dann wollen wir mal.« Sie ging voran, und Frau Bliefert folgte ihr. Die Wohnung war in einem chaotischen Zustand. Überall lag Kinderspielzeug herum, ein etwa vierjähriger Junge war gerade dabei, aus den Polstern der Wohnzimmergarnitur ein Haus zu bauen. Vom oberen Stockwerk kam ein Klopfen, anscheinend stieß dort jemand mit einem Stock auf den Boden.

»Martha«, rief eine dünne Männerstimme, »wer ist gekommen?«

»Mein Schwiegervater«, sagte die junge Frau entschuldigend, lief in den Flur, beugte sich über das Treppengeländer und schrie nach oben: »Unsere neue Nachbarin, Vater.«

»Wer?«

»Die Nachbarin.«

»Was will sie?«

Entnervt gab die junge Frau auf und kehrte zurück. »Bitte, suchen Sie sich einen Platz.« Sie setzte das protestierende Kleinkind auf den Teppich zwischen ein paar Bauklötze und zeigte auf einen der Stühle, die in einer Art Nische um einen runden Eßtisch standen. Frau Bliefert folgte der Aufforderung, und der größere Junge nutzte die Gelegenheit, ließ sein Polsterhaus im Stich, kam zu ihr und legte eine klebrige Hand auf ihr Knie. Sie zuckte zusammen. Die Mutter erfaßte die Situation mit einem Blick. »Spiel weiter, Jonathan«, sagte sie, und zu Frau Bliefert gewandt: »Sie haben keine Kinder?«

»Nein«, kam die Antwort, und es lag so viel Abwehr darin, als habe man sie gefragt, ob sie Ratten züchte.

»Nun gut«, meinte die junge Frau. »Wir haben drei. Jonathan, Sven und das Baby, das gerade schläft. Dazu versorge ich, wie Sie ja mitbekommen haben, meinen Schwiegervater. Er ist ein liebenswerter alter Mann, wenn er nicht gerade eine Krise hat. Leider hat er die ziemlich oft.« Sie blickte ratlos umher und hob die Schultern. »Ja... wie ich schon sagte, wir heißen Schobel. Mein Mann ist bei der Post. Im inneren Dienst«, schloß sie erschöpft.

»Interessant«, sagte die Frau des Staatsanwalts und betrachtete ihre Fingernägel. Das kleinere Kind war bei dem Versuch, sich an einem der Polster hochzuziehen, auf den Rücken gefallen und gab nun ein beleidigtes Gebrüll von sich. Die Mutter hob es eher beiläufig wieder auf und legte es auf den Bauch.

»Möchten Sie einen Sherry oder so was?« fragte sie, krampfhaft bemüht, die Form zu wahren.

»Nein, vielen Dank.«

Sie schwiegen sich an. »Ich müßte nur mal schnell die Kartoffeln aufsetzen«, meinte die junge Frau. »Wenn mein Mann kommt, erwartet er, daß das Essen fertig ist. Ich nehme an, bei Ihnen ist es genauso«, fügte sie hoffnungsvoll hinzu.

»Wir essen abends.«

»Dann dürfen wir Sie und… und Ihren Gatten sicher einmal an einem Wochenende abends zu einer kleinen Grillparty einladen.« Sie war jetzt aufgestanden und rang buchstäblich die Hände.

»Martha«, schrie der Opa von oben, »ist sie noch da?«

Eines der Polster fiel um, streifte den Kleinen und brachte ihn erneut zum Heulen, das Telefon klingelte, und aus der Küche kam der Geruch von Angebranntem.

»Mal sehen, ob wir es einrichten können«, sagte Frau Bliefert, erhob sich, wandte sich aber unter der Haustür noch einmal um. »Kennen Sie zufällig die Besitzerin dieses Trachten- und Modeladens in der Stadt?«

»Nein. In so was geh ich doch nicht rein. Viel zu teuer.«

»Das auch, das wahrscheinlich auch«, meinte Frau Bliefert vieldeutig und überließ die erleichterte Frau dem ihr anscheinend vertrauten Chaos, das nur keine Einmischung von außen vertrug.

Sie machte sich auf den Weg zur zweiten Nachbarin, die zwar danach aussah, als könne man sie in Ruhe befragen, aber auch nicht wie jemand, der bei ›Tracht und Mode‹ aus und ein ging. Sie drückte auf die Klingel und wartete. Nichts rührte sich, und so klingelte sie noch einmal und blickte müßig die Straße hinunter, über sauber gekehrte

Gehsteige, mit Blumenkübeln verzierte Mülleimerkästen und frischgestrichene Jägerzäune. Sie hörte Vogelgezwitscher und von fern das dumpfe rhythmische Geräusch eines Dampfhammers jenseits des Wäldchens, das sich hinter den Häusern die Gärten entlangzog. Mit einem Achselzucken wollte sie gerade wieder gehen, als sich die Tür nahezu lautlos öffnete und eine Hand nach ihr griff, um sie mit einem Ruck in die Diele zu ziehen. Das war keine gebrechliche ältere Frau, die sie da ins Haus zerrte, sondern ein anscheinend völlig aufgelöster Junge, dem das nasse Haar in langen Strähnen über das Gesicht hing und der sich jetzt, nachdem er die Tür hinter ihr wieder geschlossen hatte, an die Wand lehnte, um sein Zittern zu unterdrücken. »Das ging aber schnell«, sagte er. »Hat Ihr Mann Sie vorgeschickt? Dann hören Sie mir bitte einmal zu, ich bin nicht schuld an Lucies Anfall. Absolut nicht. Es stimmt, daß ich vorhatte, irgendeinem da oben auf der Burg was zu geben, aber doch nicht Lucie.« Er machte eine Pause und sann vor sich hin. »Schon gar nicht«, fuhr er fort, »nachdem ich mit ihr geredet habe und mir klar war, daß sie kein bißchen mehr wie früher ist.«

»Wer ist nicht mehr wie früher?« fragte sie verwirrt.

»Na, Lucie eben. Lucie Swerdla. Sie war einmal mit mir in derselben Schule. Das ist lange her, und damals war sie eben wie die anderen auch.«

»Wie?«

»Böse. Aber das ist vorbei. Sie ist inzwischen absolut in Ordnung. Für mich war das mit der Pille nur noch ein Witz, ich hab ihr davon erzählt und sie ihr gezeigt, und sie hat sie mir aus der Hand genommen und runtergeschluckt, bevor ich auch nur das geringste dagegen tun konnte. Einfach so.« Er wischte sich eine nasse Strähne aus der Stirn. »Warum erzähl ich Ihnen das?«

»Das frage ich mich auch. Eigentlich wollte ich Ihre Mutter besuchen ... oder ist es Ihre Großmutter? Ist ja egal. Also, ich wollte einen Antrittsbesuch machen, und was passiert? Sie fallen über mich her.« Verdrossen rieb sie ihren dünnen Arm, auf dem seine Finger rote Flecken hinterlassen hatten.

Er zuckte mit den Schultern. »Ist das nicht etwas übertrieben? Aber nun mal ganz langsam. Ihr Mann hat nichts damit zu tun? Das dicke Fräulein Bornemann war noch nicht bei ihm?«

»Woher soll ich das wissen?« fragte sie. »Reden Sie von diesem schmuddeligen Mädchen, das irgendwie zu einem Laden in der Stadt gehört?«

»Ja, der Laden in der Stadt gehört ihrer Mutter. Das weiß doch jeder hier.«

»Ach ja«, meinte sie und nestelte dabei an dem silbernen Kettchen, das sie um den Hals trug. Der Anhänger rutschte aus dem Ausschnitt ihrer Bluse, sie wollte ihn schnell wieder zurückschieben, aber da hatte er sich schon vorgebeugt und danach gegriffen. »Ein Schwesterchen. Ist denn das die Möglichkeit? Weiß der Herr Staatsanwalt davon?«

»Wovon?«

»Daß seine Frau ein Pentagramm am Hals hängen hat, bei dem die Spitze des A nach unten zeigt?«

»Nein.«

»Aber er muß doch wissen, was das bedeutet. Wenn er schon Jagd auf uns macht.«

»Auch er weiß nicht alles«, sagte sie.

Feindselig starrten sie sich an. Von draußen hörte man Schritte und das Klicken eines Stockes auf den Stufen der Treppe, dann drehte sich der Schlüssel. Der Junge ließ Frau Blieferts Anhänger los, und sie steckte ihn hastig wieder unter die Bluse.

»Besuch für dich, Großmutter«, sagte er zu der überraschten Frau, die mit einer gefüllten Einkaufstüte im Arm unter der Tür stand. »Ich geh jetzt nach oben und mach mich fertig, ich bin sowieso schon zu spät dran.« Er schenkte dem Schwesterchen noch ein böses verschwörerisches Lächeln und stieg die Treppe hoch.

»Ulla Bliefert«, stellte sich die Frau des Staatsanwalts nun schon zum zweitenmal an diesem Morgen vor. »Ich bin Ihre neue Nachbarin.«

»Ich weiß, ich weiß, was für eine angenehme Überraschung. Daß es das noch gibt, daß jemand einen Antrittsbesuch macht. Elisabeth Hoflinger.« Sie ließ die Einkaufstüte in den anderen Arm wechseln und gab der Besucherin die Hand. »Treten Sie näher, ich bitte Sie. Eine Schale Kaffee? Einen Gespritzten? Es ist ja noch früh am Tag, aber warm genug.«

»Einen Gespritzten. Ja, danke.«

Frau Hoflinger brachte ihre Einkäufe in die Küche und bat den Gast, während sie zwei Gläser füllte und auf ein Tablett stellte, einstweilen im Wohnzimmer Platz zu nehmen.

Frau Bliefert sah sich um. Im Grundriß war das Haus identisch mit dem daneben liegenden, aber wo bei ihr die sparsame Möblierung den Eindruck von Weite und Größe hervorrief, schien hier alles eng und zugestellt. Die geblümte Tapete, mauve und veilchenfarben, paßte zu der

Polstergarnitur, die von einer längst verblichenen Eleganz war, und der sicher einmal wertvolle Teppich war vom jahrzehntelangen Staubsaugen abgeschabt bis auf die Kettfäden. Es gab einen schweigsamen, verängstigt wirkenden Kanarienvogel in einem Käfig, der auf einem Tisch nahe beim Fenster stand, und auf einer Kommode drängten sich gerahmte Fotografien mit und ohne Trauerflor.

Frau Hoflinger kam ins Zimmer, stellte die beiden Gläser auf den Tisch, lehnte ihren Stock an einen Schrank und setzte sich.

»Gefällt Ihnen die Gegend?« eröffnete sie das Gespräch.

»Nun ja, schon, wir sind noch nicht so lange hier, daß sich etwas sagen ließe. Wir werden auch nicht für immer bleiben. Mein Mann macht hier sozusagen nur Station.«

»Er wird es sicher weit bringen«, meinte Frau Hoflinger.

»Ich hoffe es.«

»Ich werde hier wohl nicht mehr wegkommen, dabei habe ich solche Sehnsucht nach Wien. Wir haben lange dort gelebt, aber dann ist unser Sohn mit seiner Frau verunglückt, und wir haben Max zu uns genommen. Am Ring ist es passiert, mitten im Feierabendverkehr.«

»Tut mir sehr leid.«

Das war nur so dahingesagt, und während die alte Frau in einen langen traurigen Monolog verfiel, und sie deren Worte nur am Rand streiften, hatte sie ein ganz anderes Bild vor Augen, sah einen Träger mit einem riesigen, mit weißen Rosen besteckten Kranz eine schattige Allee herunterschwanken, eine Schleife flatterte hinter ihm her, auf der nur der Name stand… BORNEMANN, und noch einmal und immer wieder BORNEMANN.

»Und weil es halt in Wien geschehen ist«, sagte die alte Frau, »und wir einfach nicht darüber weggekommen sind, haben wir uns entschlossen, von dort wegzuziehen. In Wien, wissen Sie, bin ich jeden Samstag mit dem Buben zum Zentralfriedhof gefahren, wo seine Eltern beigesetzt sind. Und schon wenn wir an der Haltestelle aus der Tram gestiegen sind, hat er auf die Blumenfrauen geschaut, diese Blumenfrauen vor dem Portal, die winken einen ja förmlich mit ihren Sträußen in den Friedhof oder auch gleich ins Grab hinein, wie sie da stehen und mit heiseren Stimmen rufen, Friedhofskrähen sind das, Todesengel. Aber der Bub hat sie gemocht und ist überhaupt gern auf dem Friedhof herumgelaufen, hat sich all die Figuren und Kapellen angesehen und wollte nimmer heim, und da haben wir Angst gekriegt, mein Mann und ich, daß sich das festsetzt, und sind halt von Wien weg, aber es war auch nicht gut.«

»Warum nicht?« fragte Frau Bliefert, kurz aus ihrem Tagtraum auftauchend.

»Die Kinder hier haben ihn nicht angenommen, weil er anders war und all das, was sie spielten, nicht mitgespielt hat. Verspottet haben sie ihn in der Schule, sogar die Mädchen, keinen Freund hat er gehabt, und wenn Frühling oder Sommer oder ein warmer Herbsttag war, hat es mir fast das Herz abgedrückt, ihn immer drinnen sitzen zu sehen. Wenn ich ihn drum gebeten habe, ist er hinaus zu den anderen, aber er war immer bald wieder da, mit einem Kratzer im Gesicht oder Schrammen auf dem Arm. Gesagt hat er nichts, aber ich hab es gewußt, daß die Kinder ihn wieder gequält haben, und so hab ich ihn halt in Ruhe gelassen. Einen Altar hat er sich dann in seinem Zimmer aufgebaut, mit schwarzen Tüchern und Kerzen, und Beerdigung hat er gespielt. Darüber ist dann auch noch sein Großvater gestorben. Wir waren zu alt, um immer wieder lustige Sachen mit ihm zu machen; es stimmt nicht, daß das Alter weise und gelassen macht. Es macht nur müde, einfach müde. Noch einen?«

Frau Bliefert fuhr hoch. »Wie bitte? O nein, danke.« Sie erhob sich und merkte, daß ihr ein bißchen schwindlig war, seltsam, die Atmosphäre in diesem Haus, aber nicht seltsamer als das, was sie nun gleich zu tun vorhatte, und so bat sie Frau Hoflinger, doch sitzen zu bleiben, und ging schnell in den Flur, wo sie auf einen jungen Mann traf, der sein langes dunkelbraunes Haar am Hinterkopf zusammengebunden hatte, so daß sein Gesicht mit den verschatteten grauen Augen noch schmaler wirkte. Sie hatte im ersten Moment Mühe, in ihm den völlig überdrehten Jungen von vorhin wiederzuerkennen. Höflich hielt er ihr die Tür auf. »Ich gehe jetzt, Großmutter«, rief er über die Schulter ins Wohnzimmer, »bis heute abend.«

»Ist gut, Max«, antwortete sie. Er ließ Frau Bliefert vorgehen und verbeugte sich spöttisch, bevor er, ganz der liebe und harmlose Junge von nebenan, gemächlich die Straße hinunterspazierte.

Bei sich zu Hause angekommen, stieg Frau Bliefert in ihr Schlafzimmer hinauf, zog die Vorhänge an den beiden Fenstern zu, damit die Sonne die über das Doppelbett gebreitete Seidendecke nicht ausbleichen konnte, und kniete sich vor eine kleine altertümliche Kiste, an der ein eisernes Schloß hing. »Kinderkram«, hatte sie ihrem Mann erklärt, als er sich einmal neugierig nach dem Inhalt erkundigte.

»Nichts, was dich interessieren würde«, und er hatte es auch sofort wieder vergessen und nie mehr danach gefragt. Den Schlüssel hatte sie in einem Geheimfach in ihrer Schmuckschatulle. Leise vor sich hinsummend holte sie ihn heraus und nestelte an dem schon rostigen Schloß, es lag schon längere Zeit zurück, daß sie diesen Zauber probiert hatte, sie klappte den Deckel hoch und betrachtete nachdenklich die Püppchen aus Wachs, in deren Köpfen, Rümpfen oder Gliedern mit Perlen oder farbigen Glaskugeln verzierte Hutnadeln steckten, und während sie sich einen noch ungeformten Klumpen Wachs griff, um ihn in ihrer Hand zu erwärmen, sann sie darüber nach, wie sie, als Kind an den langen Nachmittagen auf dem Dachboden des alten Hauses ihrer Eltern eingesperrt, weil sie ungehorsam gewesen war, erst das vergilbte Buch mit den Berichten von Südseezaubern und dann die Kerzenstümpfe gefunden hatte, die sie in der stickigen und stauberfüllten Luft Stunde um Stunde knetete, mit ihren verschwitzten kleinen Fingern und unter fast lautlosem Gebrabbel, dabei Angst und Wut und kindlichem Zorn den Weg zur Erlösung zeigend, bis sie irgendwann einmal mit einem teuflischen Gefühl von Triumph und Macht eine Nadel in den gelblichen Klumpen stoßen konnte. Das erhob sie über ihre Peiniger, und je mehr sie dem Bösen in sich Raum gab, um so vernichtender war die Wirkung, aber dabei wußte sie inzwischen sehr genau, daß es nicht nur die in den mit abgeschnittenen Haaren oder Fingernägeln präparierten Wachskörper hineingestoßenen Nadeln waren, die Krankheiten oder den Tod brachten, sondern auch und vor allem ihr Haß, der sich wie eine Wolke über das Opfer legte, um es zu ersticken.

## 5

Frau Bornemann lief mit Karla durch die Stadt, zu einer für sie ganz ungewohnten Zeit, und in einer plötzlichen schmerzlichen Ernüchterung nahm sie wahr, was sie sonst nicht beachtet hätte. Sie gingen an den Häusern entlang über die mit verschiedenartigstem Pflaster gesprenkelten Gassen, und da es wieder ein heißer Tag zu werden versprach, standen an den alten Gebäuden die Türen offen, um den Modergeruch vieler Jahrhunderte aus Gewölben und Kellern zu lassen.

Auf einer etwa mannshohen Mauer, die einen dahinter liegenden Garten verbarg, von dem nur der obere Teil eines Rosenspaliers und die Äste eines Pflaumenbaumes sichtbar waren, saß ein kleines Mädchen, ließ die Beine baumeln und bot den Vorübergehenden Sträuße aus Vergißmeinnicht und Maßliebchen an.

In den überdachten Wehrgängen, die die Stadt fast ganz umzogen, spazierten die ersten Touristen des Tages umher und betrachteten von oben das Geschachtel der Dächer, winzige zugestellte Höfe und handtuchgroße Gärten, die sich zwischen feuchte Mauern schmiegten. Sie ließen sich unendlich viel Zeit, unterschieden sich darin von den Einheimischen, und erst jetzt begriff Frau Bornemann, was Frau Schimlak damit gemeint hatte, wenn sie diese Fremden, die von überall her gekommen waren, die Außerirdischen nannte. Die Außerirdischen, hatte sie einmal erklärt, bringen es fertig, ihre Köpfe durchs Fenster zu stecken und einem direkt in die Suppe zu starren, als gehöre man in ein Museum, sozusagen zur Besichtigung freigegeben, und ich könnte mir gleich eine solche altbackene Rüschenhaube aufsetzen und eine gestärkte und bis zum Boden reichende Schürze umbinden und würde sie damit nicht im geringsten in Erstaunen versetzen. Da Frau Schimlak in einem historisch sehr interessanten Haus neben einem der noch erhaltenen sieben Wehrtürme wohnte, wußte sie, wovon sie sprach, aber sogar ihr fiel es schwer, der immer gleichbleibenden Höflichkeit der Japaner oder den schrillen Entzückensschreien abenteuerlich herausgeputzter Ladys aus Übersee zu widerstehen, die sich so gern vor ihrem Haus fotografieren ließen, so daß sie diesem Umstand mit einer immer tadellos herausgeputzten Fassade Rechnung trug, und keiner der Bewunderer ahnte, daß hinter einem dieser weißen Vorhänge und den purpurn glühenden Geranien ein düsterer Mann vor sich hin brütete, der sich an den wenigen Bierflaschen festhielt, die seine Frau ihm am Tag bewilligte.

»Außen hui, innen pfui«, sagte Frau Schimlak jedesmal, wenn sie die Haustür öffnete, aber trotzdem sorgte sie liebevoll für diesen Mann, bediente und bekochte ihn, während er, ein stummes vorwurfsvolles Götzenbild, auf dem Sofa thronte und nur darauf wartete, daß das Abendprogramm im Fernsehen begann. Manche Menschen sind für das Unglück wie geschaffen, und Frau Schimlak war einer von ihnen, leer wäre ihr das Leben vorgekommen ohne das

Gejammer über die täglich auftretenden Probleme. Ihre sagenhafte Tüchtigkeit konnte sich nur dann voll entfalten, wenn alles um sie herum zusammenzubrechen schien. Genau das Gegenteil von mir, dachte Frau Bornemann, während sie jetzt neben ihrer Tochter zu dem Parkplatz hinter der Stadtmauer lief, und dabei legte sie behutsam einen Arm um Karlas Schultern, als müsse sie in kurzer Zeit nachholen, was sie so lange versäumt hatte.

Erst einmal im Auto neben ihrer Mutter, die sich hinters Lenkrad gesetzt hatte, nickte Karla ein, ließ den Kopf sinken, schreckte aber immer wieder hoch, einer inneren Stimme gehorchend, die ihr verbot einzuschlafen, solange es Lucie nicht gutging. Aber irgendwann sackte sie doch ab, und als Frau Bornemann mit dem Cabrio in die kiesbestreute Einfahrt ihrer Villa am Hang einbog, gab Karla sogar leichte Schnarchtöne von sich, so daß ihre Mutter sie nur sanft zurechtrückte und erst einmal allein ausstieg, um den Mädchen im Haus Anweisungen zu geben.

Die Villa stand in einem Garten, der von einem weißgestrichenen, in Bögen geschwungenen Holzzaun umgeben war, über den jetzt in Fülle Rosen hingen, Rosen in allen Schattierungen, die Büsche scheinbar ungebändigt und wild gewachsen, trotzdem steckte dahinter die Hand eines Gärtners, eines schweigsamen mürrischen alten Mannes, der einmal die Woche kam und dem man kaum Anweisungen geben mußte, denn er hatte intuitiv erfaßt, daß diesem Haus, das wie in einem Dornröschenschlaf zu liegen schien, nichts mehr schaden konnte als eine zurechtgestutzte Umgebung, und so hatte er auch den halbverfallenen Sandkasten unter einem knorrig verzweigten Magnolienbaum belassen, in dem sich jetzt gerade behaglich und mit weit ausgestreckten Krallen die Katze eines Nachbarn sonnte.

Frau Bornemann fand eines ihrer Hausmädchen in der Küche, wo es gerade eine Tasse Kaffee trank und in der Fernsehzeitung blätterte. Überrascht, zu so ungewohnter Stunde seine Chefin hier auftauchen zu sehen, legte es die Zeitung weg und erhob sich.

»Lassen Sie bitte ein Bad ein«, sagte Frau Bornemann. »Und wenn die Wanne voll ist, holen Sie Karla aus dem Auto und bleiben in ihrer Nähe, während sie badet. Danach schicken Sie sie bitte ins Bett. Sie muß unbedingt ein paar Stunden schlafen.«

Das Mädchen nickte, das hübsche, gelblich getönte Gesicht mit den dunklen Augen besorgt ihr zugewandt, aber Frau Bornemann ging auf die unausgesprochene Frage nicht ein, schien sie nicht einmal zu bemerken und entfernte sich in Richtung Wintergarten.

Sie verfügte über drei indonesische Hausmädchen, zwitschernde Geschöpfe, die die Fähigkeit hatten, sich nach Belieben unsichtbar zu machen. Sie schliefen in der Einliegerwohnung im Souterrain, wohin sie sich abends zurückzogen, um, auf dem dicken Teppichboden ausgestreckt, vor dem Zubettgehen stundenlang fernzusehen, angeblich um ihre Sprachkenntnisse zu verbessern, aber der wirkliche Grund war wohl, daß dieser flimmernde Kasten das an Leben und Wirklichkeit lieferte, was ihnen der Alltag hier in dem Haus, in dem es kaum noch Einladungen oder Besuche gab, vorenthielt. Der Einfachheit halber, oder auch, weil sie keine Lust gehabt hatte, sich ihre Namen einzuprägen, hatte Frau Bornemann die Mädchen Eins, Zwei und Drei genannt und rief sie auch so, unterschied sie eigentlich nur am Alter und den verschieden langen schwarzen Zöpfen, die ihnen über den Rücken baumelten. In der Stadt nannte man die drei nur Frau Bornemanns Nigger, obwohl es den Mädchen in dem eher zerstreut und gleichgültig geführten Haushalt ausgesprochen gutging.

Das Haus war auf eine liebenswerte Art völlig verbaut, es war eines von diesen Häusern, die ständig mit sich selbst im Gespräch sind, es flüsterte ununterbrochen vor sich hin wie ein sehr alter Mensch, der nur noch irgendwo in einer Ecke sitzt, um mit den Geistern der Vergangenheit Zwiesprache zu halten. Mäuse hatten sich hinter der Täfelung eingenistet, und die Ritzen zwischen den Holzdielen schienen ständig breiter zu werden, aber mit eifersüchtiger Beharrlichkeit weigerte sich Frau Bornemann zu ändern, was an glücklichere Zeiten erinnerte, und ihr Mann, sowieso fast ständig unterwegs, konnte in den Hotels der großen Städte den Komfort genießen, den er zu Hause vielleicht vermißte.

Im Wintergarten war das Telefon. Auf einem Tisch, der zu den ihn umstehenden aus Weiden geflochtenen Sesseln paßte, stand ein Tablett mit einer Sherryflasche und Gläsern, und sie hatte schon die Hand danach ausgestreckt, eine fast reflexartige Bewegung, über die sie selbst erschrak, als sie sich ihrer Entscheidung wieder bewußt wurde. Sie griff nach dem Hörer des Telefons und wählte mit zitternden Fingern eine Nummer.

»Swerdla«, meldete sich eine aufgeregt klingende weibliche Stimme.

»Bornemann«, sagte sie, »Frau Swerdla, Karla hat mir gerade erzählt…«

»Es ist nichts«, unterbrach Frau Swerdla sie. »Absolut nichts. Lucie geht es schon viel besser, sagen Sie das Karla. Es war ein Aussetzer, nichts von Belang. Ich hatte sie doch gebeten, den Mund zu halten. Wir können kein Geschwätz gebrauchen in diesem Dorf, wo jeder jeden kennt.«

»Anscheinend doch nicht«, sagte Frau Bornemann und legte auf. Auf der Sherryflasche spielten goldene Lichter, ausgelöst von den Strahlen der Sonne, die durch das dichte Gezweig der Pflanzen im Wintergarten ihren Weg gefunden hatten. Golden wie der Inhalt der Flasche, dachte Frau Bornemann. Nur ein Amontillado hat diesen sanften Schimmer, der verrät, wie weich er die Kehle hinunterrinnen wird, jedes Zittern beendend, Entspannung und Vergessen schenkend. Sie nahm eines der rubinrot überfallenen geschliffenen Gläser, drehte es zwischen den Fingern, setzte es mit einem Seufzer wieder ab und wählte eine neue Nummer.

»Praxis Dr. Moll«, sagte ein süßes Stimmchen.

Sie lauschte einen Moment dem Klang dieser Stimme nach und lächelte wehmütig. Sie schienen immer jünger zu werden, Dr. Molls Hilfen in allen Lebenslagen. »Bornemann«, sagte sie dann. »Könnten Sie mich durchstellen, ich muß den Doktor sprechen.«

»Moll«, hörte sie kurz darauf. »Eva, was gibt's?«

»Hör zu, Peter, ich habe ein Problem. Kannst du mich heute vormittag noch einschieben? Ganz kurz?«

»Aber sicher«, antwortete er. »Bist du unten im Laden?«

»Nein, zu Hause.«

»Dann hast du es ja nicht weit. Am besten kommst du gleich, ich schenke dir meine Kaffeepause. Soll ich dich untersuchen?«

»Nein, ich will nur mit dir reden.«

»Dann trinken wir den Kaffee zusammen. Bis dann, Eva.«

»Danke«, sagte sie und legte auf.

Sie gab dem Mädchen, das im Bad gerade eine wohlriechende Essenz in das einlaufende Wasser schüttete, Bescheid, daß sie für kurze Zeit wegginge, und verließ das Haus. Sie kam an der noch immer im Auto schlafenden Karla vorbei, lief draußen ein Stück die Straße entlang und bog dann auf eine Treppe ein, die den Hang hinunterführte. Und während sie Stufe um Stufe nahm, leicht benommen und fröstelnd trotz der warmen Junisonne, sann sie darüber nach, wie vielen Frauen diese verwinkelte, überwachsene und wenig einsehbare Treppe von der Stadt herauf den Weg zu Dr. Moll wohl schon erleichtert hatte, denn er war nicht nur ein guter, sondern auch ein sehr großzügiger Arzt, dessen Moralbegriffe weit gesteckt waren, ein Umstand, der den einen oder anderen Stadtrat verdroß, aber bis jetzt war es noch keinem gelungen, ihm, wie sie es ausdrückten, das Handwerk zu legen, vor allem wohl deshalb, weil sich keiner sicher sein konnte, in den Unterlagen des Doktors nicht vielleicht auf den Namen der eigenen Frau oder Tochter zu stoßen.

Von der Treppe aus mußte man durch einen parkähnlichen Garten, ein von Rhododendren gesäumter Weg führte zur Eingangstür, die aber, wie meistens, nur angelehnt war, dahinter kam man durch einen mit einem silbergrauen Teppichboden ausgelegten Flur in eine Art Halle, wo zwei hübsche junge Damen sich um die Besucherinnen kümmerten. Schneeweißchen und Rosenrot, entschied Frau Bornemann, die schon lange nicht mehr in der Praxis gewesen war und die beiden zum erstenmal sah. Die Hellere für die Regen- und die Dunkle für Sonnentage.

Sie nickte Rosenrot dankbar zu, als sie ihr, ohne viel zu fragen, die Tür zu einem kleinen privaten Raum öffnete und sie dort einen Moment zu warten bat. Der Doktor käme gleich. Sie ließ sich in einen der Metallsessel sinken, deren Seitenflächen wie Fledermausflügel geformt waren, streckte die Beine aus und schloß erschöpft die Augen, aber da hörte sie schon draußen seine laute, Zuversicht verbreitende Stimme, die Tür wurde aufgerissen, und mit einem Schwall frischen Kaffeeduftes kam Dr. Moll ins Zimmer. Er war ein Gnom, klein, behaart, mit lebhaften dunklen Augen, schien er keinen Moment stillhalten zu können, und doch gab er seinem Gegenüber immer das Gefühl, gut aufgehoben zu sein. Er wartete, bis das Mädchen, das ihm folgte, diesmal war es Schneeweißchen, das Tablett, das es trug, auf einem kleinen Beistelltisch abgestellt hatte. Dann schloß er hinter ihr die Tür, setzte sich zu Frau Bornemann, nahm ihre Hände und küßte nacheinander ihre Fingerspitzen.

»Dame meines Herzens«, sagte er. »Was ist denn passiert?«

»Ich möchte mit dem Trinken aufhören«, sagte sie. »Ich weiß, du bist Frauenarzt, aber vielleicht kannst du mir trotzdem helfen.«

»Sicher kann ich das.« Er hatte ihre Hände nicht losgelassen und schwang sie jetzt leicht in den seinen, wie ein Kind, das ein anderes zum Ringelreihen auffordern will, und während er das tat, kniff er die Augen zusammen und betrachtete sie.

»Wie schaffst du das nur?« fragte er.

»Was?«

»So auszusehen.«

»Bei meinem Alkoholkonsum, meinst du.«

Er ließ sie los und zog das Tablett näher zu sich heran. »Ja, das meine ich. Sahne, Zucker?«

»Schwarz, bitte.«

»Schwarz wie die Sünde, die du nie mit mir begehen wolltest.« Er schenkte ein und reichte ihr die Tasse und tat, als bemerke er das leise Klirren nicht, das Porzellan auf Porzellan verursachen kann. Er nahm einen großen Schluck und brummte zufrieden vor sich hin. »Trink, Mädchen, das wird dir guttun. Wo ist dein Mann?«

»Auf einer Messe in München.«

»Und Karla?«

»Im Moment in der Badewanne, denke ich«, sagte sie irritiert. »Aber ich komme tatsächlich Karlas wegen. Sie braucht mich.«

»Ein bißchen spät, diese Einsicht. Hat sie einen Grund?«

»Ja.«

»Du willst nicht darüber reden?«

»Es spielt eigentlich keine so große Rolle und ist auch mehr Karlas Angelegenheit als die meine. Es geht um ihre Freundin. Ein ziemliches Durcheinander, glaube ich, aber es hat nichts mit ihr direkt zu tun. Trotzdem muß ich für sie da sein.«

»Sofort?«

»Wie meinst du das?«

»Ich meine, bist du im Moment unabkömmlich?«

Sie dachte nach. »Eigentlich nicht. Karla hat das Abitur hinter sich, das weißt du ja. Ich wollte ihr eine Reise schenken, aber sie hatte keine Lust wegzufahren. Sie wird sich jetzt irgendwie um ihre Freundin kümmern, nehme ich an, und für alles andere sorgen meine Mädchen. Den Laden macht Frau Schimlak, vielleicht ist Karla sogar bereit, ihr dort zu helfen. Du hast vor, mich irgendwohin zu schicken?«

»Es wäre das Beste. Ich würde dich natürlich gern selbst behandeln, das weißt du, schon aus ganz eigennützigen Gründen, aber ich habe darin keine Erfahrung. Dazu bekommst du natürlich in einer Klinik alle möglichen den Entzug begleitenden Therapien, die ich dir nicht bieten kann.«

»Wird es schlimm?«

»Um ehrlich zu sein, Eva, ich habe mich da noch nie informiert. Aber ich habe einen Studienkollegen, der inzwischen in Norddeutschland eine Klinik leitet, die auf dein Problem spezialisiert ist. Ich setz mich gleich mit ihm in Verbindung und fände es gut, wenn du heute noch fährst. Geht das?«

»Es muß gehen.«

»Je früher, desto besser. Ich schicke dir nachher jemanden, der dir die Unterlagen bringt. Ich suche dir auch eine Zugverbindung und lasse die Karten holen. Am frühen Nachmittag, ist das in Ordnung?«

»Ja, dann kann ich noch mit Karla zu Mittag essen. Peter, du bist ein Schatz.«

Seltsamerweise wurde er rot. Er stand auf und ging zu einem Glasschrank, aus dem er ein Tablettenröhrchen holte. »Versprichst du, mich jeden Abend anzurufen? Jeden Abend zur selben Zeit, egal was ist?«

»Kannst nicht du mich anrufen?«

»Nein. Du wirst am Anfang kein Telefon bekommen, da bin ich mir sicher. Du wirst dich also jeden Abend vor dem Schlafengehen irgendwo in dieser Klinik auf einen Flur bemühen müssen, um deinen Herzallerliebsten anzurufen.«

»Meinen Herzallerliebsten?«

Er drehte sich hastig zu ihr um, und sie sah, daß er nicht einmal lächelte. »Ja«, sagte er. »Niemand mag dich mehr als ich. Warum hast du nicht mich geheiratet? Bin ich dir zu klein, ist es das?«

Sie nahm die Tabletten, die er ihr hinhielt, strich über das Etikett, das sich an einer Ecke zu lösen begann, und schüttelte den Kopf. »Nein, das war es sicher nicht. Ein starkes Beruhigungsmittel, ja?«

»Ja. Nimm eine Tablette, höchstens zwei, wenn du das Gefühl hast, zu sehr zu flattern.«

»Ich paß schon auf.« Sie erhob sich, fast einen Kopf größer als er, stand sie neben ihm und strich über den gestärkten Stoff seines Kittels. »Ganz schön gepanzert, was? Aber, um noch einmal auf deine Frage zurückzukommen, das, was du für mich bist, ist weit mehr, als ein Ehemann jemals sein könnte.«

»Und was bin ich?«

»Ein Freund.«

Wieder zu Hause, fand sie eines der Mädchen in der Küche, heftig in einem Topf rührend, aus dem ein Geruch von in Fett angebratenem Fleisch, Zwiebel, Rosmarin und Thymian aufstieg. Frau Bornemann setzte sich an den Tisch, goß sich den dort stehenden restlichen Kaffee in eine Tasse und schüttelte zwei Tabletten aus dem Röhrchen, das Moll ihr gegeben hatte.

»Das berühmte Ragout?« fragte sie, während sie die kleinen rosa Glücksbringer hinunterspülte.

Das Mädchen nickte. »Tut gut«, sagte es.

»Ich weiß. Es geht mir nicht besonders und Karla auch nicht. Ihr müßt euch um sie und alles andere hier im Haus gut kümmern, ich werde für einige Zeit nicht da sein.«

Das Mädchen ließ den Rührlöffel einige Sekunden in der Luft schweben und sah sie fragend an.

»Eine Kur«, erklärte Frau Bornemann. »Oder so etwas in der Richtung. Es ist nichts, was euch Sorgen machen müßte.«

»Sorgen«, wiederholte das Mädchen. »Sorgen.« Es holte eine Porzellanschüssel aus dem Schrank, schlug drei Eier hinein, gab einen Schuß Essig, etwas Zitronensaft, Salz und Pfeffer dazu und verquirlte das Ganze dann so heftig, daß der Kraftaufwand für die zehnfache Menge gereicht hätte.

»Weiß es Ihr Mann?« fragte es dabei.

Frau Bornemann hob die Schultern. »Ich versuche nachher, ihn zu erreichen. Und wenn er nicht da ist, hinterlasse ich ihm eine Nachricht.«

»Gut.« Mit kleinen Unterbrechungen gab das Mädchen die Sauce an das Fleisch und rührte diesmal weit behutsamer, bis die Eier gestockt waren, streute noch etwas gehackte Petersilie in den Topf, setzte den Deckel auf und stellte die Herdplatte auf die schwächste Stufe. »Soll jemand beim Packen helfen?« fragte es.

»Nein.«

Karla kam mit noch feuchtem Haar in die Küche, in einen braunen Bademantel gewickelt, der hinter ihr herschleppte. Frau Bornemann sah, daß es ein Bademantel ihres Mannes war. Seltsam, dachte sie, das Bedürfnis dieses Kindes, sich in weite Sachen einzuwickeln, sich quasi zu verhüllen.

»Das riecht aber gut«, sagte Karla, »gehst du heute nicht mehr in den Laden?«

»Heute nicht und die nächsten Wochen nicht. Ich werde eine Zeitlang nicht da sein. Frau Schimlak macht das schon.«

»Ich kann ihr ja helfen.«

»Das hatte ich gehofft.«

»Und wann gehst du weg?«

»Noch heute nachmittag.«

»Mit dem Auto?«

»Mit dem Zug.«

»Wohin?«

»In eine Klinik.«

Karla riß die müden Augen auf und blinzelte. »Bist du krank?«

»Könnte man sagen.«

»Was Ernstes?«

»Nichts, das sich nicht in Ordnung bringen ließe.«

Karla gab sich zufrieden. »Dann ist es gut. Ich begleite dich zum Bahnhof. Weckst du mich rechtzeitig?«

»Aber ja.«

Sie verließ in ihrem nachschleppenden Bademantel die Küche, ging draußen mit nackten Füßen tappend die Treppe hoch und gähnte dabei so laut, daß die beiden Zurückgebliebenen sich lächelnd ansahen. Frau Bornemann begann die Wirkung der Pillen zu spüren, oder sie bildete sich ein, sie zu spüren, vielleicht war es auch nur dieses schon lange nicht mehr gehörte: Weckst du mich rechtzeitig. Die Ausflüge, die sie früher zu dritt gemacht hatten, fielen ihr ein, Picknicks am Fluß, Spaziergänge durch die Wälder, die gemeinsamen Pläne am Abend vorher und dann die aufgeregte Kinderstimme, die Treppe hoch, den oberen Flur entlang, bis zur Zimmertür: Aber weckt mich rechtzeitig… weckt mich rechtzeitig. Damals schien die Zeit unendlich lang zu sein. Und jetzt? Den Glanz der früheren Tage wiederzugewinnen war unmöglich, aber vielleicht einen matten Schimmer, gespeist von Erinnerung.

Sie stand auf, ging nochmals in den Wintergarten, rief im Laden und im Hotel ihres Mannes an und stieg dann leise, um Karla nicht zu stören, in ihr Schlafzimmer hinauf. Bevor sie mit dem Packen begann, betrachtete sie sich in dem großen Spiegel, der in den Kleiderschrank eingelassen war, strich sich das Haar zurück und zupfte an ihrer Bluse, ohne zu ahnen, daß zur selben Zeit eine andere Frau in dieser Stadt in einem anderen Schlafzimmer auf dem Bett saß und versuchte, auf einen noch formlosen Klumpen Wachs etwas von dem zu übertragen, was Frau Bornemann im Spiegel sah.

Wenig später stand sie mit Karla auf dem Bahnsteig und wartete auf den Zug, der sie in die nächste Stadt bringen würde, von wo aus es dann in Richtung Norden weiterging. Moll hatte Wort gehalten, ihr die Fahrkarte, die Zugverbindung und die Adresse der Klinik bringen lassen, mit einem Strauß weißer Rosen, der jetzt auf dem Küchentisch so nach und nach, ohne daß sie ihm dabei zusah, welken würde, und sie hatte über diese ihr so sinnlos erscheinende Geste den Kopf geschüttelt, sich aber trotzdem gefreut.

»Hast du einen Speisewagen?« fragte Karla.

»Wenn ich erst umgestiegen bin, sicher.«

»Wirst du hingehen?«

»Nach dem Ragout wohl kaum.«

Sie waren beide ein bißchen verlegen. Der Zug fuhr ein, und der Fahrtwind traf sie und zerrte an ihren Kleidern. Frau Bornemann nahm ihren Koffer und die Reisetasche auf, beugte sich vor, streifte Karlas Wange mit ihren Lippen und fühlte sich plötzlich so heftig umklammert, daß sie beinahe strauchelte. »Was ist denn?« fragte sie. »Was ist denn nur?«

»Mußt du wirklich weg?«

»Ja.«

»Dann laß mir irgendwas von dir da. Irgendwas.«

Frau Bornemann sah sie ratlos an, setzte dann aber ihr Gepäck ab, lief mit zwei großen Schritten zum Zeitungskiosk, wo die Verkäuferin gerade dabei war, das Band von einem Packen Illustrierter zu lösen, bat sie hastig um die Schere, griff sich ins Haar und schnitt achtlos eine dicke Strähne ab.

»Hier«, sagte sie feierlich. »Hier, du dummes kleines Mädchen, hast du ein Stück von mir.« Und damit nahm sie ihr Gepäck wieder auf, bestieg den Zug und verschwand in seinem Inneren.

Verloren blieb Karla zurück, starrte den Schlußlichtern nach und drehte die goldfarbene Strähne zwischen den Fingern, bis sie bemerkte, daß die Verkäuferin hinter ihren Zeitungsstapeln sie neugierig beobachtete. Verlegen setzte sie sich schließlich in Richtung Bahnhofsbuchhandlung in Bewegung, mit dem Vorsatz, ein Buch für Lucie zu kaufen, in das sie einen Zettel mit einer Nachricht kleben würde, so, daß Swerdlas ihn nicht fanden. Denn wenn man sie schon nicht zu Lucie ließ, sollte sie wenigstens wissen, daß sie es versucht hatte, und diese Idee gefiel ihr so gut, daß sie ihre Mutter für den Moment vergaß, die Tür zur Buchhandlung mit Schwung aufdrückte, um sie dann, von einem leisen Bimmeln begleitet, sanft wieder ins Schloß fallen zu lassen.

Diese Buchhandlung war weit besser ausgestattet als die in der Stadt. Natürlich gab es auch hier genug Bildbände, Reiseführer und Karten, aber sonst war das Angebot so vielfältig, daß Karla beinahe ratlos zwischen den Tischen umherging, das eine oder andere Buch in die Hand nahm, um es kurz darauf mit einem Achselzucken wieder zurückzulegen. Was schenkte man jemandem, der so viel gelesen hatte, wie es bei Lucie nun mal der Fall war? Sie sah sich nach Hilfe um, bemerkte, daß die Frau an der Kasse gerade dabei war, ihre Fingernägel zu überprüfen, und erspähte schließlich im Hintergrund zwischen hohen Regalen eine schattenhafte Gestalt, die das Haar zu einem Zopf gebunden trug. Wären da nicht die eckigen Bewegungen gewesen, hätte Karla geglaubt, ein Mädchen vor sich zu haben, so aber wies sie sich als ein Junge aus, den sie nicht viel älter als sich selbst einschätzte. Sie ging vertrauensvoll zu ihm hin und tippte ihm, da er ihr den Rücken zuwandte, leicht auf die Schulter. »Hallo«, sagte sie, »können Sie mir helfen?«

Er rührte sich erst nicht, schien wie erstarrt, bis die Frau an der Kasse sich vom Anblick ihrer Fingernägel trennte, den Kopf hob und mit einem scharfen Ton in der Stimme »Max!« rief. Er drehte sich langsam um. »Ja?« fragte er. »Was kann ich für Sie tun?« Es klang schrecklich gespreizt, abweisend und so von oben herab, daß Karla beinahe stotterte.

»Ich bin, was Bücher angeht, wirklich völlig hilflos«, meinte sie entschuldigend. »Und ich brauche ein Taschenbuch für jemanden, der schon sehr viel kennt. Eigentlich fast alles«, schloß sie ergeben.

»Das gibt es nicht. Ein Mann, eine Frau? Jung oder schon älter?«

»So alt wie ich«, sagte sie. »Es soll für meine Freundin sein. Sie ist krank.«

Sein ohnehin schon schmales und blasses Gesicht schien noch mehr einzufallen. »Krank?« fragte er beiläufig, während er an seinem Zopf nestelte und das Haarband fester zog.

»Ja.«

»Schwer krank?«

»Ja und nein«, sagte Karla. »Ich weiß es schon deshalb nicht, weil ihre Eltern mich nicht zu ihr lassen. Deshalb brauch ich auch das Buch. Ich will ihr eine Nachricht reinlegen. Es ist Lucie Swerdla. Kennen Sie sie?«

»Ja«, meinte er kurz.

»Mich dann vielleicht auch?«

Er ließ sein Haar in Ruhe und blickte ihr direkt in die Augen. »Ja, Sie auch. Wir waren in einer Klasse in der Grundschule.«

»Der kleine Hoflinger«, rief sie erstaunt. »Natürlich. Kein Wunder, daß du mir irgendwie bekannt vorgekommen bist. Lucie und ich sind aufs Gymnasium gekommen... und du?«

»Realschule.«

Sie streckte ihm spontan die Hand hin. »Wir waren ziemlich gemein damals, tut mir leid.«

»Schon gut, das ist lange her.« Er bemerkte die Locke zwischen ihren Fingern und sah sie fragend an.

»Von meiner Mutter«, erklärte sie. »Sie ist gerade weggefahren, und ich wollte ein Andenken an sie, und da hat sie sich einfach diese Strähne abgeschnitten. Echt verrückt.«

»Ich hole was zum Hineinlegen«, sagte er, verschwand in einem Kabuff hinter einem der Regale und tauchte mit einer kleinen buntbeklebten Schachtel wieder auf, die er für sie öffnete.

»Da waren mal Büroklammern drin«, meinte er. »Wenn dich das nicht stört, kannst du sie gern haben.«

»Das ist wirklich lieb von dir.« Überrascht nahm sie die Schachtel entgegen und legte das Haar, zu einer Spirale geformt, vorsichtig hinein. »Und nun zu dem Buch. Weißt du irgendwas?«

»Ja«, sagte er, ging wie ein Traumwandler die Regale entlang, streifte mit den Fingerspitzen die Buchrücken und kehrte mit zwei schmalen Bändchen zurück, die er vor sie hinlegte.

»Danilo Kiš«, las sie, »*Frühes Leid.* Klingt traurig.«

»Ist wunderschön.«

Sie nahm das nächste. »Thomas Bernhard, *Ein Kind.* Auch wunderschön?«

»Auch wunderschön«, bestätigte er.

»Dann nehm ich sie beide. Hoffentlich kennt Lucie sie noch nicht.«

Nein, tut sie nicht, hätte er beinahe gesagt, ich hab sie ihr ja erst letzte Nacht empfohlen... so aber meinte er nur: »Du kannst sie umtauschen.«

Sie ging zur Kasse, um zu zahlen, und blickte durch das Glas der Eingangstür auf das Bahnhofsgelände. Wo die Geleise sich hinter einer Biegung verloren, reichten Sträucher so dicht an sie heran, daß man glauben konnte, sie überwucherten die Schienen. Es hatte zu regnen begonnen, aus dem plötzlich eingetrübten Himmel fielen erst langsam und dann immer schneller dicke Tropfen, die auf dem Aluminiumvordach der Buchhandlung ein leichtes Trommeln hervorriefen.

»Das sanfte Geflüster des Regens, das so gar nicht dringlich war«, sagte er, wieder wie ein Schatten neben ihr aufgetaucht, und seine Chefin, die gerade das Wechselgeld für Karla zusammensuchte, zog nachsichtig und gleichzeitig belustigt die Augenbrauen hoch und schüttelte den Kopf. »Nun komm mal wieder aus den Wolken, Max«, sagte sie.

»Mach mir lieber das Paket für den Kindergarten fertig, dann kann ich es nachher gleich mitnehmen.«

»Sofort«, meinte er friedfertig.

»Also... dann tschüs«, sagte Karla. »Seltsam, Lucie macht auch immer solche... Gedichte. Das sind sie doch, Gedichte?«

»Ist anzunehmen. Seh ich dich mal wieder?«

Karla fiel fast die Tüte mit den Büchern aus der Hand. »Gern. Gern, wenn du willst.«

»Ich melde mich.«

»Du kannst jederzeit in unserem Laden vorbeikommen. Solang meine Mutter weg ist, werd ich dort aushelfen. Wenn du über Mittag kommst, können wir uns hinten in den Hof setzen und ein Picknick machen. Es ist hübsch dort... wenn es nicht regnet.«

»Das hier ist nur eine Wolke. Kein Dauerregen.«

»Glaubst du?«

»Ja.«

Sie schlurfte über den Bahnhofsvorplatz davon, ein dickes, ungelenkes Geschöpf, und weder so noch so drehte sich jemand nach ihr um. Er wartete, bis sie außer Sicht war, und atmete dann tief durch.

»Was ist?« fragte seine Chefin. »Hast du da eine Leiche im Keller?«

Sie liebte solche Äußerungen, drastisch und poetisch in einem, und er schenkte ihr einen düsteren Blick, bevor er nach hinten ging, um das Bilderbuchpaket für den Kindergarten fertig zu machen.

»Eine?« fragte er dabei. »Dutzende.«

»Ja, ja«, sie nickte einem Bekannten zu, der im Vorübergehen an die Scheibe geklopft und gewinkt hatte. »Du bist eben ein mysteriöses Bürschchen. Ich hab es ja schon immer gesagt: Stille Wasser sind tief.« Und mit diesem letzten Orakel ließ sie von ihm ab und kramte in ihrer Handtasche nach dem Spiegel, um einen erst vor kurzem entstandenen Pickel auf der Stirn zu begutachten.

## 6

Der Übungsraum war sehr geschmackvoll eingerichtet, gestaltet in der Form eines Dreiecks, dessen eine Längsseite ganz aus Glas bestand, so daß der vor den Scheiben üppig grünende Garten mit einbezogen wurde. Wände und Decken waren mit honigfarben schimmernden exotischen Hölzern verkleidet, den Boden bedeckte ein dicker dunkelgrüner Teppich, der, wenn man ihn betrat, an das weiche federnde Moos erinnerte, das man im Wald in der Nähe von Wasser findet. Sowieso liefen die Leute, die sich hier bewegten, barfuß oder in Socken herum, damit, was menschliche Nebengeräusche anging, eine völlige Lautlosigkeit gewährleistet war. Von irgendwo hinter den Paneelen kam Musik, der sehnsüchtige und klagende Klang einer Flöte, unterlegt mit Meeresrauschen, eine Mischung, die die auf den großzügig im Raum verteilten Matten Ruhenden in eine sanfte Trance versetzte.

Rupert, in einen flauschigen weißen Trainingsanzug gehüllt, der so locker geschnitten war, daß er seine Rundungen wohlwollend überspielte, kniete an einer Spitze des Dreiecks, die Hände locker auf seinen Knien, und betrachtete gelangweilt die verhornten Fußsohlen oder farbig gestrickten Socken, die alle in seine Richtung wiesen. Die Gäste, die das Sanatorium seiner Mutter aufsuchten, waren meistens nicht allzu beweglich, und mit ihnen Yoga zu machen, war keine reine Freude, aber wenn er nicht bestimmte Pflichten übernahm, hielt ihn seine Mutter noch knapper, und er müßte sich verstärkt seinen Anhängern widmen, ihnen teure Salben und Säftchen aufschwatzen und sich am Ende der jeden Samstag von ihm veranstalteten Zusammenkunft in der zum Sanatorium gehörenden Kapelle so nah hinter das auf einer niedrigen Säule am Eingang abgestellte Körbchen postieren, daß sich unter seinem schläfrig unter schweren Lidern hervorkommenden Blick keiner getraute, weniger als zwanzig oder fünfzig Mark zu spenden. Sosehr er seine Schäflein verabscheute, sosehr brauchte er ihr Geld für sein äußerst kostspieliges Hobby, die Jagd, und obwohl er keine eigene Pacht hatte und reihum bei seinen Jagdkumpanen zu Gast war, gab es keinen unter ihnen, der, was Gewehre, Feldstecher, Messer und Ähnliches anging, besser ausgestattet gewesen wäre als er.

»Und jetzt«, sagte er mit seiner weichen, wohltönenden, manchmal etwas lispelnden Stimme und klatschte dabei in die Hände, »kehren wir ganz langsam zurück, bewegen erst die Füße, dann die Finger, heben die Arme und strecken uns.« Er wandte den Blick von den Zehen, die bei allen zu tanzen begannen, senkte ihn auf seine Hände und spielte an dem Ring mit dem goldgefaßten Hirschzahn. Er stammte von einem Tier, das er selbst erlegt hatte. Seine Gedanken schweiften ab, ihm fiel ein, wie vertrauensselig die meisten seiner Anhänger doch waren, wie sie sich im Gespräch unter vier Augen bedenkenlos öffneten, um sich damit völlig in seine Macht zu begeben. Frau Swerdlas aufgeregtes und gleichzeitig so demütiges Gesicht tauchte vor ihm auf, und er konnte vor innerer Befriedigung kaum ein Lachen verbeißen. Menschen mit Problemen waren ja so hilflos, sie griffen nach jedem Strohhalm, entblößten sich und lieferten sich aus, und es genügte ihnen, daß er da war, daß er zuhörte, daß er ab und zu seine breite Tatze ausstreckte, um sein Gegenüber zu tätscheln, sei es auf die Schulter oder das Knie, und falls er wirklich einmal intensiv zuhörte, fragte er sich, warum sie solche Skrupel hatten und alles bedachten und hin- und herwendeten, das Beste war doch, das zu tun oder sich zu nehmen, worauf man Lust hatte, Bedenken beiseite zu schieben und sich so gut wie nie über andere den Kopf zu zerbrechen.

Er gähnte ausgiebig, drehte den Hirschzahn zur Handinnenfläche und ballte die Finger zur Faust, damit der kleine Schmerz ihn zurückholte und wieder munter machte. Bei manchen Meditationsübungen war er schon eingeschlafen, war einfach aus seiner knienden Stellung zur Seite gekippt und hatte zu schnarchen begonnen, bis einer aus der Gruppe ihn verschämt wieder wach gerüttelt hatte. Er sprang auf und hob die Arme zur Decke. Trotz seiner Leibesfülle war er erstaunlich behende. »Und zum Wachwerden«, sagte er, »üben wir jetzt alle noch einmal den Sonnengruß.«

Verzweifeltes Murren kam aus den hinteren Reihen.

»So gut wir es eben können«, meinte er versöhnlich.

Sie krabbelten von ihren Matten hoch und sahen ihm ergeben entgegen.

»So hoch wie der Himmel...«, intonierte er, und sie erhoben sich zugleich mit ihm auf die Zehenspitzen und streckten die Hände nach oben.

»So tief wie das Meer...« Mit ihm tauchten sie ab und versuchten bei durchgedrückten Knien mit den Fingerspitzen den Boden zu erreichen.

»Ist meine große Liebe zu dir...«, es folgten ein paar weitere Verrenkungen, »und zu allen Geschöpfen im Himmel und auf Erden. So sei es.«

Das Ende der Übung, das sie, wieder aufrecht stehend, mit an die Stirn gelegten gefalteten Händen, einer leichten Verneigung und tiefem Ausatmen begrüßten, zeigte auch das Ende der vormittäglichen Yogastunde an, und er entließ sie einen nach dem anderen mit einem Händedruck, während er mit der Linken seinen gefransten Bart streichelte. »Bis morgen«, lispelte er und verteilte dabei feine Speicheltröpfchen, aber da das nur gelegentlich auftrat, ertrugen sie es mit Fassung und wischten sich erst dann mit den Ärmeln ihrer Trainingsanzüge über das Gesicht, wenn er sie nicht mehr im Blick hatte.

»Irgendwie ist mir der Bursche unheimlich«, flüsterte draußen vor der Tür eine kräftig gebaute Geschäftsfrau aus dem Rheinland ihrer Nachbarin zu, während sie in ihre Gesundheitslatschen schlüpfte. »Er soll hier am Ort sogar eine kleine Sekte gegründet haben, alles anständige Bürger, wie ich gehört habe, gutverdienende normale Leute. Warum rennen sie zu so einem und lassen sich von ihm an der Nase herumführen? Manchmal denke ich, je weiter es einer gebracht hat, desto mehr Verstand, gesunder Menschenverstand, meine ich, ist auf der Strecke geblieben.«

»Aber Sie sind doch auch hier«, wandte ihre Zuhörerin ein.

»Natürlich bin ich hier. Um zu entschlacken und abzunehmen, und es kostet ja auch eine ganz schöne Stange Geld. Aber das hat mit seinen Spielchen ja wohl nichts zu tun. Er hält jeden Samstagabend so eine Art Gottesdienst ab, in der Kapelle hinter dem Kräutergarten. Einmal, als ich gerade um die Zeit dort herumspazierte und seine Jünger hineingehen sah, wollte ich mit, ist doch nichts dagegen zu sagen, wenn alles in Ordnung ist, oder? Aber der alte Drachen, seine Mutter, hat mich abgefangen und mir erklärt, sozusagen durch die Blume, daß ich in der Kapelle nichts verloren hätte und nur Gemeindemitglieder Zutritt haben. Also, ich bitte Sie, wo gibt es so was? Ich kann in jede Kirche der Welt, wenn dort Gottesdienst abgehalten wird. Ich wette, die schlachten kleine Kinder und fressen sie.«

Ihre weniger phantasiebegabte Gesprächspartnerin wandte ihr entgeistert das Gesicht zu. »Aber das sind doch strenge Vegetarier, er und seine Mutter. Sie predigt uns jeden Tag, wie schädlich es ist, Fleisch zu essen.«

Dieser Reaktion stand die sonst nicht gerade auf den Mund gefallene Geschäftsfrau einigermaßen fassungslos gegenüber. Dann begann sie zu lachen. »Er ist passionierter Jäger, wußten Sie das nicht? Der und Vegetarier... Mit Gemüse allein wird man nicht so fett. In dem sind mehr Kalbshaxen und Schnitzel gelandet, als Sie sich vorstellen können.«

Ruperts Dazukommen verhinderte eine Fortsetzung des aufschlußreichen Dialogs.

»Haben Sie meine Mutter irgendwo gesehen?« fragte er. »Sie hat mir ausrichten lassen, daß sie mich nach der Yogastunde sprechen will.«

»Um diese Zeit ist sie doch immer im Gewächshaus«,

sagte die Geschäftsfrau, während ihre Begleiterin, Ruperts Mund aus der Nähe betrachtend, sich insgeheim fragte, ob an der Kinderfresserei nicht doch was dran war, so rot, wie seine Lippen immer waren.

Er fand seine Mutter tatsächlich im Gewächshaus, wo sie mit dem Koch die Zutaten für das vegetarische Mittagessen zusammenstellte. Als sie Rupert kommen sah, drückte sie dem Koch die Gemüsekiste, die sie gerade hielt, in die Hände und wandte sich, die Arme aufreizend in die Hüften gestützt, ihrem Sohn zu. Auf eine seltsame Weise schien er unter ihrem Blick zusammenzuschrumpfen, es gab keinen, den er so fürchtete wie diese kleine gnadenlose Frau, deren Worte und Handlungen niemals irgendwelchen Umwegen unterworfen waren. Sie ging jedes Problem so sanft und gleichzeitig so unerbittlich an, daß er immer an ein Tranchiermesser denken mußte, das durch eine Buttercremetorte glitt.

Wie ihr Sohn nützte sie Weichheit und Weite eines Stoffes aus, um Fülle zu verdecken. Sie trug ein bis zum Boden reichendes Kleid aus mauvefarbenem Wollstoff, ihr Haar war in einem Knoten hochgesteckt und betonte in seiner Schwärze das Funkeln der Augen in dem gelblich getönten Gesicht.

Er beugte sich vor, ergriff ihre Hände und deutete über ihren erdverkrusteten Fingern einen Handkuß an. »Was gibt es, Madre?« fragte er. Irgendwann einmal hatte es spanische Vorfahren gegeben, deren Blut sich mit großer Macht bei ihr wieder durchgesetzt hatte. Sie liebte diese Anrede, trotzdem entzog sie ihm jetzt ihre Hände und erhob anklagend den Kopf, der klein, straff und dunkel wie der einer Schlange war. »Habe ich es dir nicht immer wieder gesagt, keinerlei Tricks bei deinen samstäglichen Abendveranstaltungen. Ich kann es mir nicht leisten, das Sanatorium schließen zu müssen, nur weil du den Leuten irgendwelche Drogen verabreichst.«

»Wie sollte ich?«

»Trinkt ihr nicht gemeinsam aus einer Schale? Womöglich träufelst du da was rein.«

»Ich träufle gar nichts«, sagte er empört. »Sie tun sowieso alles, was ich will, weil ich allein schon kraft meiner Persönlichkeit auf sie wirke. Sie würden Brotkrumen vom Boden essen, wenn ich es verlange. Drogen, lieber Himmel, Madre, ich werde doch an diese Schafe keine Drogen verschwenden.«

»Wo sind sie dann geblieben?«

»Wer? Was?« fragte er unschuldig.

»Immer wieder fehlt ein Fläschchen oder ein Pulver aus meinem Safe. Und nur du hast noch Zugang. Es sind Halluzinogene der gefährlichsten Sorte, das muß ich dir nicht erst sagen.«

»Bilsenkraut und Tollkirschen«, meinte er verträumt. »Es steht dieses Jahr sehr gut, das Bilsenkraut, ich kann dir also immer wieder Nachschub liefern.«

»Darum geht es nicht«, sagte sie streng, »ich fordere eine Erklärung.«

Er wiegte sich in den Hüften, sanft und selbstvergessen, schloß halb die Augen und strich den faserigen Bart, bis er sich unter seinen Fingern spreizte. »Nur Eigenversuche, Madre. Bewußtseinserweiterung und so fort. Mach dir keine Gedanken, ich kann damit umgehen.«

»Das hoffe ich doch«, murrte sie. »Das hoffe ich sehr. Bei jedem liegt die Grenze anders. Ich möchte dich nicht eines schönen Tages mit Schaum vor dem Mund irgendwo hinten im Garten finden.«

»Aber wo denkst du hin, ich passe schon auf.« Er drehte eine reife Tomate vom Stengel, wischte die angetrockneten Wasserflecken, die ihre Haut überzogen, am Ärmel seines Trainingsanzugs ab und biß in das weiche, rote Fruchtfleisch. »Hat man es dir schon erzählt?« fragte er beiläufig. »Der neue Staatsanwalt ist Jäger.«

»Menschenjäger.«

Rupert lachte sein lautloses Lachen, das die dunkle, jetzt mit Tomatenkernen gesprenkelte Mundhöhle zeigte. »Das sicher auch. Aber daneben liebt er die Jagd auf Tiere. Er hatte ein paar Fragen an mich, und dabei stellten wir fest, daß wir die gleichen Interessen haben. Ich werde ihn bei meinen Freunden einführen.«

»Und was wollte er von dir?«

»Er soll mit diesen Satansjüngern aufräumen. Er hat erfahren, daß in den letzten Tagen, beziehungsweise Nächten, auf der Burg über dem Fluß irgendwas in der Richtung gelaufen ist.«

»Noch einmal, warum wendet er sich dann an dich?«

»Sie haben ein Mädchen unter Drogen gesetzt, das zu meiner Gemeinde gehört. Ich kümmere mich um sie, weil ihre Eltern das so wollen, verstehst du? Sie wollen, daß niemand etwas davon erfährt, aber du kennst ja unsere kleine Stadt, irgendwas ist anscheinend bis zu ihm durchgesickert, schließlich stecken sie ja an jeder Ecke die Köpfe zusammen und hecheln alles durch.«

»Kenne ich und hasse ich«, sagte sie kurz. »Gut. Und er hat also davon gehört und denkt, daß das Mädchen dir irgendwas erzählt?«

»So in etwa.« Er senkte die Augen und wandte sich zur Seite, hob das Blatt einer Tomatenstaude, die direkt neben ihm stand, und tat, als suche er nach Schädlingen. Sie schlug ihm den Stengel aus der Hand. »Meine Pflanzen sind ungezieferfrei, was soll das? Schau mich an, wenn ich mit dir rede. Wer ist das Mädchen?«

»Swerdlas Tochter.«

»So, so«, sagte sie sinnend. »Die schöne Lucie. Und wie geht es ihr?«

»Sie ist immer noch nicht ansprechbar«, sagte er leichthin. »Ich weiß ja auch nicht, Madre, was die so alles mit ihr getrieben haben. Nackt an einen Pfahl gebunden, mit Hühnerblut übergossen, vergewaltigt... alles ist möglich. Ich kann wirklich nichts anderes tun, als an ihrem Bett sitzen, ihre Hand halten und dafür sorgen, daß kein Arzt in ihre Nähe kommt, der unter dem Vorwand, sie zu entgiften, ihren Körper erst recht mit seinen legalen Drogen vollstopft.«

Damit hatte er sie. Es gab genug Ärzte in der Stadt, die eine heftige Fehde mit ihr führten und ihre Salben und Säfte schlicht für Humbug und Augenwischerei erklärten, während sie durchaus bereit war, die Schulmedizin anzuerkennen, wenn es eben anders nicht mehr ging. Aber das schien ihr hier nicht der Fall zu sein. Ihr Blick schweifte durch die Glasscheiben des Treibhauses hinaus in den Kräutergarten, auf den sie unsagbar stolz war.

»Es gibt noch keine Pille gegen Dummheit«, sagte sie.

»Sonst hätte ich damit auch deinen Vater kuriert, der sich eingebildet hat, nur weil er ein Mann ist, liege ich den ganzen Tag vor ihm auf den Knien und danke Gott für die Gnade, ihm dienstbar sein zu dürfen. Er dachte, er ist alles und ich bin nichts. Und was ist passiert, nachdem ich ihn verlassen habe?«

»Du hast dieses großartige Sanatorium aufgebaut, und er ist in der Psychiatrie gelandet«, sagte Rupert demütig.

»So ist es. Auch dort wird er weiter ein kleiner König sein. Zumindest, was sein Bewußtsein angeht. Was die draußen denken, kümmert ihn nicht. Ihn hat noch nie gekümmert, was andere denken oder fühlen.«

»Ja, Madre.«

»Und ich werde mit Stumpf und Stiel an dir ausrotten, was auch nur im entferntesten an ihn erinnert.«

»Da tust du sicher gut daran«, sagte er.

Ihre schwarzen Augen funkelten wie die Tollkirschen, die er gestern am Waldrand gesammelt hatte, um mit ein paar Tropfen ihres Saftes Lucies Cocktail, den er ihr täglich verabreichte, abzurunden. »Ich werde dir für das Mädchen etwas mitgeben«, sagte sie. »Einen Sud aus Melisse, Johanniskraut und Steinklee.«

»Danke, das wird ihr guttun. Ich schaue am späten Nachmittag wieder bei ihr vorbei, bevor ich zu dem Jägerstammtisch in die ›Krone‹ gehe. Der Staatsanwalt will mich dort treffen. Es geht nichts über Beziehungen, Madre.«

»Da denke ich anders, das weißt du«, sagte sie, schon nicht mehr interessiert, drehte sich von ihm weg und watschelte den Gang hinunter.

»Staatsanwalt bleibt Staatsanwalt«, rief er hinter ihr her.

»Man sagt, daß er dabei ist, Karriere zu machen. Vielleicht kann ich die anderen überreden, ihm, wenn es soweit ist, einen Bock anzubieten…«

Aber sie, in Gedanken schon wieder in der Küche, hörte ihn nicht mehr. Rupert atmete tief durch und pflückte eine weitere Tomate. Bevor er hineinbiß, legte er sie einen Moment an seine Wange, an eine Stelle, die der Bart frei gelassen hatte. »Wie kühl und weich«, murmelte er, und sein träumerischer Blick ging in die Ferne, während er genüßlich zu kauen begann.

# 7

Staatsanwalt Bliefert saß im Schatten der mächtigen Kastanie, die den Hof der ›Krone‹ beherrschte, und trank ein Glas kühlen Weißwein, während er mit den auf dem groben Holztisch herumliegenden Bierdeckeln spielte, sie einsammelte und wieder verteilte, in Gedanken ganz woanders. Von der Kegelbahn oben im Saal über der Wirtschaft kam ein dumpfes Dröhnen, ab und zu begleitet von den Rufen der Männer, die einen guten Wurf getan hatten, Spatzen hüpften auf dem gestampften Lehmboden zwischen den Tischen umher und nützten die Leere und vorläufige Stille dieser Stunde zwischen Nachmittag und Abend.

Bliefert war zu früh, die Teilnehmer des Jägerstammtischs, zu dem Rupert ihn gebeten hatte, würden erst in etwa einer guten halben Stunde eintreffen, aber das war ihm nur recht, so konnte er Abstand gewinnen von der Sache, mit der er sich heute nachmittag hatte befassen müssen. Da er seine Arbeit sehr genau nahm, hatte er Anweisung gegeben, ihn bei allen größeren Unglücksfällen zu benachrichtigen, damit er sich immer selbst vor Ort ein Bild machen konnte, und so war er vor etwa zwei Stunden in eines der umliegenden Dörfer gerufen worden, weil ein Mann sich dort kurz nach dem Tod seiner Schwester im Schuppen erhängt hatte.

Die Geschwister waren alt gewesen, beide über neunzig, sie hatten ihr ganzes Leben in dem von den Eltern übernommenen kleinen Haus verbracht, hatten nie geheiratet, ihre paar Äcker bewirtschaftet, einige Tiere versorgt, in dem das Haus umgebenden Garten Gemüse und Salat angepflanzt, Obstbäume kultiviert und abgeerntet. Und nun war das Leben der Schwester zu Ende gegangen und damit, wie der alte Mann sehr wohl erkannt hatte, auch das seine.

Anwohner hatten ihn aus dem Haus zum Schuppen gehen sehen, aus dem er nicht mehr herauskam, und da eine Nachbarin sich seit Wochen um die Kranke und ihren Bruder gekümmert hatte, war sie aufmerksam geworden und ihm nachgegangen. Er hing im Schuppen an einem Balken über dem Stroh, das sie für ihre einzige Kuh dort lagerten, und sie hatte gleich gesehen, daß jede Hilfe zu spät kam. Im Haus fand sie dann die tote Frau, in dem Stuhl neben dem Bett war noch der Eindruck in der Polsterung des Kissens, wo der Bruder anscheinend lange bei der Sterbenden gesessen hatte.

Der Staatsanwalt war über die in der Mittagszeit so stillen Dörfer gefahren, in denen nur manchmal ein Hund bellte, viele der Bewohner arbeiteten tagsüber woanders und versorgten das wenige an Landwirtschaft, das sie noch hatten, am Abend. Er hatte nach einer Stunde Fahrt, denn der Einzugsbereich des Gerichts erstreckte sich weit, den Ort, von wo die Nachricht gekommen war, erreicht. Alles schien so friedlich und unverrückt, als er vor dem Haus stand, in das man inzwischen auch den Bruder gebracht und auf sein Bett gelegt hatte. Vor der Tür auf einer Bank im Schatten saß ein Polizist, er erhob sich, ein Glas Wasser in der Hand, und betupfte mit einem großen zusammengeknüllten Taschentuch immer wieder seinen Nacken, während er dem Staatsanwalt erklärte, daß sie den Mann eben abgeschnitten hätten, weil man ihn doch nicht einfach so habe hängen lassen können. »Und es ist ja sowieso alles klar«, hatte er hinzugefügt und war näher zu ihm getreten, um ihn sanft am Arm zu fassen und ins Haus zu führen. Dort verscheuchte er die beiden Nachbarinnen, die sich flüsternd in einer Ecke berieten, unschlüssig, wie und wann man mit der ortsüblichen Prozedur der Trauerfeierlichkeiten beginnen könne, die damit einsetzte, daß die Kirchenglocken für jeden Verstorbenen fünf Minuten läuteten. Aber noch war nichts geschehen, nur der Arzt war dagewesen und wieder gegangen, hatte für beide den Totenschein ausgestellt und gebeten, dem Staatsanwalt auszurichten, daß seiner Ansicht nach eine Obduktion des Selbstmörders nicht unbedingt nötig sei, da sicher keine Fremdeinwirkung vorliege.

Bliefert hatte zu den Ausführungen des Polizisten nur genickt und sich in der Stube umgesehen, die als Küche und Wohnzimmer zugleich diente. Er erkannte viel, was ihm als Kind bei den Onkeln und Tanten auf dem Land vertraut gewesen war, den Herd, den man befeuern mußte, die alte Nähmaschine mit Tretfuß, die Geranientöpfe innen auf der Fensterbank und den Heiligenkalender über dem eingedellten Sofa. Die Zeit war stehengeblieben in diesem Haus, und er war sich sicher, daß die Erben von irgendwoher, denn Erben würde es doch geben, das Anwesen in ein paar Wochen plan machen würden, um Platz für Neues zu schaffen.

»Wie Tiere sind sie abends hier im Dunkeln gesessen«, hatte der Polizist weiter erzählt. »Man hat ja Milch und Eier bei ihnen kaufen können, dann hat man sie in der Stube getroffen, wo sie beieinander waren ohne Fernsehen, nicht einmal das Radio war an. Zwei große stumme Tiere, denn geredet haben sie auch so gut wie nie.«

Und konnten doch eines ohne das andere nicht weiterleben, hatte der Staatsanwalt gedacht und wieder nur genickt. Sie waren nacheinander in die zwei Schlafkammern gegangen, mit eingezogenem Kopf, um nicht an die niedrigen Türbalken zu stoßen, man hatte den Toten die Hände gefaltet, und als er in diesen schlichten Kammern die zwei hingestreckten Körper sah, mit so gichtigen und knorrigen Fingern, daß sich das Ineinanderfügen der Hände fast ganz von selbst ergeben haben mußte, als hätte man sie nur zusammenschieben brauchen, ohne einen einzigen Finger zu verbiegen, hatte sein Gesicht den strengen und abweisenden Ausdruck, den es sonst eigentlich immer trug, verloren und war seltsam weich geworden. Solche Menschen waren seine Vorfahren gewesen, der Urgroßvater und Großvater noch einfache Bauern, der Vater schon Stadtschreiber, und was ihn anging, er würde höher und immer höher steigen, und niemand würde sich mehr erinnern, woher er kam. Gegen die gekalkte Wand gelehnt, die Brille mit dem schmalen Goldrand abgenommen und die Augen geschlossen, ließ er sie zu sich kommen, die Gefährten seiner Kindheit, den ehemaligen Knecht Xaver, der immer unterwegs war, um seine Hilfe anzubieten, wie oft hatte er ihn in einer der bäuerlichen Stuben auf dem Sofa sitzen sehen, wo er die Milch in einem Holzfaß zu Butter schlug, dürrer alter

Mann, der er war, in einem sauber gebürsteten abgetragenen Anzug, dessen Taschen sich beulten von kleinen roten Äpfeln und Karamelbonbons, die er an die Kinder verteilte. Da war der Pfarreronkel in langer durchgeknöpfter Soutane, vor dem die Leute, kam er die Dorfstraße entlang, in die Knie gingen, um ihm die Hand zu küssen. Er sah des Pfarrers Schwester und Haushälterin, seine Tante, rothaarig, mit hochgetürmten zerzausten Flechten, die immer kurz vor der Auflösung zu stehen schienen, wie sie mit ihm zur Beichte ins nächste Städtchen marschierte, weil eine Beichte bei dem Bruder sich von selbst verbot. Aber was konnte sie schon jede Woche beichten, sie, der jede Gelegenheit zu sündigen genommen war?

Der Staatsanwalt hatte nur leicht geseufzt, sich den Fleck auf dem Nasenrücken gerieben, wo die Brille eine Druckstelle hinterlassen hatte, und war in diesen Raum zu dem Polizisten zurückgekehrt, der, die Mütze verlegen zwischen seinen Fingern drehend, es nicht gewagt hatte, ihn zu stören, und war schließlich wieder mit ihm hinaus in den Hof gegangen, um mit einer fast schmerzlichen Bewegung alles freizugeben, als wäre nun etwas endgültig zu Ende, nicht nur hier, sondern seit langem schon, sehr lange, auch für ihn.

Und nun saß er unter der Kastanie im Wirtsgarten der ›Krone‹, hob sein Glas ins schräg einfallende, schon im Vergehen begriffene Licht, ließ den letzten Schluck, der sich darin befand, kreisen und trank ihn voll Andacht im Gedenken an die beiden Alten, Bruder und Schwester, deren Körper man jetzt wahrscheinlich schon zu einem Ort gebracht hatte, dessen kühle Sachlichkeit ihnen nichts mehr anhaben konnte.

Er stand auf, um seine Frau anzurufen und ihr zu sagen, daß er heute später zum Essen kommen oder es vielleicht auch ganz ausfallen lassen würde, denn was da mit Kreide auf einer an den Stamm der Kastanie genagelten Tafel geschrieben war, verlockte ihn weit mehr als Ullas exquisite Salate, Aufläufe und Pastetchen, wie interessant auch immer sie zubereitet sein mochten.

Durch einen Hintereingang kam er in einen langen gefliesten Flur, von dem ein paar Türen abgingen, und noch während er sich suchend umsah, kam die Kellnerin mit einem Tablett voll Biergläser, an denen Schaum herunterlief, aus dem Schankraum und stieg die Treppe am Ende des Ganges hoch, die zur Kegelbahn führte.

»Wo ist das Telefon?« rief er hinter ihr her.

Sie wies mit dem Ellbogen zu einer Nische, die er nicht bemerkt hatte, aber bevor sie aus seinem Blickfeld verschwand, gab er ihr noch schnell eine Bestellung mit. »Bringen Sie mir das Schnitzel mit Brot und einen weiteren Weißwein, bitte.« Sie senkte den Kopf, zum Zeichen, daß sie verstanden hatte, und er nahm den Hörer ab und wählte, lauschte dabei auf die Stimmen und Geräusche, die von oben kamen, und betrachtete den großen, wie achtlos in einen Steinkrug gestopften Strauß aus Margeriten und Glockenblumen auf einem Tischchen nahebei. Der Strauß gefiel ihm und auch der Ort, aber es würde keinen Sinn machen, mit Ulla herzukommen, sie hatte an dieser Sorte Wirtschaften immer etwas auszusetzen. Sie gab sich in jeder Beziehung verfeinert, in ihren Umgangsformen, in der Wohnungseinrichtung, bei ihren gelegentlichen Abendeinladungen, und trotzdem, oder vielleicht auch gerade deswegen, hatte ihn einmal sein früherer Vorgesetzter, ein Oberstaatsanwalt, der für seinen reichlichen Alkoholgenuß bekannt war, gegen Ende eines dieser Abende in eine Ecke gezogen und mit schwerer Zunge gesagt: »Reizende kleine Frau, lebt sie?«

Was hätte er darauf antworten können? Er hatte höflich gelacht und das Ganze als einen Scherz abgetan, vor allem in Gedanken daran, daß die Frau eben dieses Vorgesetzten ein lautes, polterndes und ganz und gar nicht vorzeigbares Monstrum war. Ulla hob ab, und er räusperte sich und erklärte ihr, daß sein Treffen mit Rupert und den Jägern sich wohl länger in den Abend hineinziehen würde und daß er...

»Soll ich mit dem Essen auf dich warten oder dir etwas aufheben?« unterbrach sie ihn.

»Ich hab mir gerade ein Schnitzel bestellt.«

»In Ordnung«, sagte sie, ohne jedes Bedauern in der Stimme, »dann suche ich mir jetzt eine schöne Platte aus, Mozart, denke ich...«

»Gut.«

»...mache mir einen Wein auf und esse auf der Terrasse zu Abend.«

»Tu das«, meinte er und glaubte, sie vor sich zu sehen, wie sie das Essen ohne ihn zelebrierte, natürlich mit Musik, natürlich mit Kerzen, natürlich in einem Kleid, das auch für einen Besuch in der Oper passend gewesen wäre, und er stellte mit einem plötzlichen Erstaunen fest, daß es wahrscheinlich gar keine so große Rolle spielte, ob der Stuhl ihr gegenüber leer oder besetzt war. Er gab den Hintergrund ab, für was? Wenn es nach dem Oberstaatsanwalt ging, für nichts, für ein Schemen, ein unbeseeltes Wesen. Das schien hart und war es doch wieder nicht. Er hatte nicht viel Erfahrungen mit anderen Frauen, aber blieb man nicht immer irgendwie allein, egal wie nah man sich sonst kam? Waren diese ganzen Liebesbeteuerungen am Ende nicht doch reine Selbstbespiegelung? Vielleicht waren Ulla und er nur ehrlicher als andere.

Die Kellnerin kam mit ihrem leeren Tablett die Stufen wieder herunter, und das Gejohle der Männer von der Kegelbahn schwappte hinter ihr her, umspülte gewissermaßen ihre Knöchel, so daß sie die Füße leichter hob und das Lächeln, das die derben Komplimente bei ihr hervorgerufen hatten, großzügig an den blassen und schmalen Mann am Fuß der Treppe weitergeben konnte.

»Der Wein kommt gleich«, rief sie. »Und das Schnitzel auch. Möchten Sie einen Gurkensalat dazu?«

»Mit Dill?«

»Rahm mit Dill.«

»So hat ihn meine Tante auch immer gemacht. Erst dann schmeckt er nach Sommer.«

»Wenn Sie meinen.« Immer noch lächelnd verschwand sie in der Küche, und er trat wieder hinaus in den Wirtsgarten, wo inzwischen weitere Gäste eingetroffen waren, unter ihnen, aber nicht zu ihnen gehörend, auch Rupert. Breitbeinig stand er unter der Kastanie, überblickte die Tische und sah dabei so zufrieden aus wie ein Kater, der gerade ein Schüsselchen Sahne geschleckt hat. So hatte man ihn dem Staatsanwalt beschrieben, bärtig, groß, in einer feisten Selbstgefälligkeit befangen. Bliefert ging auf ihn zu und stellte sich vor.

»Sie haben mich gleich erkannt?« fragte Rupert.

»Aber ich bitte Sie, ein bißchen Menschenkenntnis müssen Sie mir in meinem Beruf schon zutrauen. Ihre Joppe, der auffallende Ring an der Hand, mit der Sie Ihren Bart streichen... Mein Platz ist dort drüben. Was trinken Sie?«

»Ein Weizenbier«, sagte Rupert. »Aber Marie weiß schon Bescheid.«

»Marie?«

»Die Bedienung. Sie kennt jeden von uns und weiß, was er trinkt, aber das ist nicht schwer, weil wir, wenn Sie es so sehen wollen, absolute Langweiler sind. Im Winter dunkles, und wenn die Kastanie erst mal blüht, helles Bier.«

»Warum Langweiler? Es tut gut, an manchen Sachen einfach festzuhalten.«

Sie setzten sich einander gegenüber, und die Kellnerin erschien, stellte dem Staatsanwalt seinen Weißwein hin, begrüßte Rupert tatsächlich wie einen alten Bekannten und nahm dann an den anderen Tischen die Bestellungen auf.

»Etwas Neues von dem Mädchen?« fragte Bliefert.

»Nichts Neues. Ich komme gerade von ihr. Darf ich übrigens fragen, woher Sie wissen, daß ausgerechnet ich mich um sie kümmere?«

»Ich bin zwar noch nicht lange hier, aber wir haben unsere Informanten. Und so habe ich eben erfahren, daß Sie das Mädchen betreuen. Warum wurde kein Arzt zugezogen?«

»Das ist alles sehr heikel. Eine Tochter aus gutem Haus, bisher völlig außerhalb der Szene, steht von jetzt auf nachher unter Drogen. Eine Sache, die allein doch schon eine Straftat sein kann, denke ich.«

»Wenn sie sie freiwillig genommen hat, unter Umständen schon, aber das scheint ja hier nicht der Fall zu sein. Sie erzählt also immer noch nichts?«

»Sie kann nicht«, meinte Rupert, nahm dankend das Bier entgegen, das Marie ihm gebracht hatte, und tat einen langen durstigen Zug. »Ihre Seele, oder wie immer man es auch nennen will, ist noch nicht zurückgekehrt. Das kann dauern.«

Bliefert lehnte sich zurück und verschränkte seine mageren Finger so heftig ineinander, daß sie in den Gelenken knackten.

»Ein Arzt oder das Krankenhaus«, sagte er. »Gehen Sie um Himmels willen kein Risiko ein. Ich garantiere, daß ihr in rechtlicher Hinsicht nichts passiert.«

Rupert hob belustigt die Schultern, daß die verschossene Joppe in ihren Nähten krachte. »Sie sind scharf auf eine Zeugin, ist mir schon klar. Aber, was das angeht, ich habe den Eltern nun mal versprochen, sie völlig abzuschirmen, bis … bis sie wieder gesund ist. Im übrigen bin ich selbst Arzt, oder«, schränkte er ein, »zwar kein Arzt, aber jemand, der vielleicht sogar noch bessere Möglichkeiten hat, ihr zu helfen, als ein approbierter Arzt sie hätte.«

»Heilpraktiker?« fragte der Staatsanwalt mit hochgezogenen Augenbrauen.

»In etwa.«

»So, so.«

»Und zum zweiten«, fuhr Ruppert fort, »was könnte ein Arzt mehr tun, als das, was ich tue?«

»Sie entgiften.«

»Das versuche ich auch.«

»Und was tun Sie noch?«

»Ich beobachte sie. Ich sorge dafür, daß man sie völlig in Ruhe läßt. Sie tobt nicht mehr, sie schreit nicht mehr. Sie ist inzwischen so sanft wie ein Lämmchen.« Er nahm noch einen weiteren Schluck von seinem Bier und leckte sich den Schaum von den Lippen. Dann legte er den Kopf zurück, blinzelte seinem Gegenüber zu und lachte. Staatsanwalt Bliefert sah mit Schaudern in die dunkle Höhle, die sich hinter dem fransigen Bart auftat, und fragte sich mit wachsendem Mißtrauen, ob man das Lämmchen nicht einem Wolf überlassen hatte.

»Ich könnte mich natürlich irgendwie umhören«, sagte Rupert schließlich. »Aber das erfordert etwas Zeit. Und meine Zeit ist, sagte ich das nicht bereits bei unserem Telefongespräch, meine Zeit ist ...«

»Kostbar?« deutete der Staatsanwalt an.

»So ist es.«

»Sie denken an ein Entgelt?«

»Schon möglich. Aber mein Name müßte völlig aus dem Spiel bleiben.«

»Wenn ich Gelder locker machen will, muß ich zumindest intern angeben, für wen. Anders geht es nicht.«

»Dann geht es eben nicht.«

Der Staatsanwalt holte tief Luft und stieß einen Seufzer aus. »Sie könnten also wirklich etwas in Erfahrung bringen?«

»Den Ort, wo sie sich treffen, die Zeit, wann sie sich treffen. Das ließe sich machen«, sagte Rupert obenhin.

»Und wieso jetzt auf einmal doch? Sie wissen, daß ich Sie zwingen könnte, eine Aussage zu machen.«

Rupert beugte sich über den Tisch und formte seine roten Lippen zu einem kleinen schmollenden Mund, als wolle er dem ihm so nah Gegenübersitzenden einen Kuß geben. »Aber doch nicht mit mir«, sagte er und und lispelte plötzlich wieder, wobei ein paar feine Tröpfchen über den Tisch flogen.

Angeekelt lehnte sich der Staatsanwalt zurück. »Einem Erfolg muß man manches opfern«, sagte er. »Ich hätte da noch ein sehr schönes altes Repetiergewehr von meinem Vater. Reicht das?«

»Von Blaser?«

»Ein R 93 von Blaser.«

»Das reicht«, meinte Rupert zufrieden. »Sie werden bald von mir hören ...« Er wollte noch etwas hinzufügen, aber da hielt ein großer Geländewagen am Zaun, der den Garten umgab, und ihm entstiegen unter gewaltigem Hallo und gekleidet, wie es sich für sie gehörte, die Herren der Wälder, deren Gastrecht der Staatsanwalt in Anspruch nehmen wollte.

# 8

Die Junirosen hatten sich in verschwenderischer Fülle geöffnet, und Max, der vom Bahnhof her eine Abkürzung durch einen Park genommen hatte, um in die Altstadt zu gelangen, sog ihren süßen Duft, der vom Aroma einiger in der Nähe des Weges stehender, mit Blüten übersäter Akazienbäume noch überlagert wurde, tief ein, verzog aber gleich wieder spöttisch den Mund, als er ein völlig in sich versunkenes Pärchen in seine Richtung kommen sah. Sie schienen wie betäubt, eingesponnen in diesen Kokon aus Zärtlichkeit und Wärme, der, dessen war er sich sicher, nur zu bald zerreißen würde. Ihm fiel das weinende Mädchen ein, das gestern gegen Abend, als er Karla ein Stück nach Hause begleitet hatte, aus Dr. Molls Praxis gekommen war, auch dieses Mädchen war eingesponnen gewesen, aber es waren Angst und Kummer, die es umschlossen und einsamer machten, als es vorher gewesen war.

Max hatte Mittagspause, und er ging nun nicht mehr wie früher in der Stadt herum, um irgendwo eine Pizza oder Spaghetti zu essen, sondern traf sich mit Karla und setzte sich zu ihr in den Hof hinter dem Laden, wo sie, weil Karla vorhatte, ihr Gewicht auf ein annehmbares Maß herunterzubringen, Salate, mageren Schinken, Käse, Obst und Ähnliches aßen, von Frau Schimlak, die sich selbst nichts versagte, liebevoll und mit Rührung beobachtet, denn sie war der Meinung, daß dieser magere Bursche mit den zusammengebundenen Haaren genau das war, was Karla im Moment gebraucht hatte, jemand, um den sie sich kümmern konnte und der ihr doch nicht unterlegen war, der richtige Ersatz für Lucie, die, seit dieser neue Stern aufgegangen war, Karlas Gedanken nicht mehr so unentwegt in Beschlag nahm.

Kühl erschien Max nach der Mittagshitze, die draußen über dem Pflaster stand, der Laden, geheimnisvoll hinter den weit herabgelassenen Jalousien, farbenprächtig mit den bestickten oder mit bunten Fäden durchwirkten Kleidern, die sich in dieser Beleuchtung wie Meßgewänder in der schattigen Tiefe einer Kirche ausnahmen.

»Hallo«, sagte er beim Eintreten, gab Frau Schimlak die Hand und wandte sich an Karla, die ihn erwartungsvoll anlächelte. »Sollen wir heute abwechslungshalber nicht doch mal zum Marktplatz vorlaufen, damit ich dich zum Essen einladen kann?«

»Ich will dünner werden, hast du das vergessen?«

»Dann eben ein Salat für dich.« Er senkte den Blick, als könne man ihm ansehen, daß allein der Gedanke, wenigstens räumlich in Lucies Nähe zu sein, ihn zu dieser Einladung veranlaßte, aber Karla, die keinerlei Grund hatte, ihm zu mißtrauen, breitete, als sie seine Enttäuschung bemerkte, die Arme aus und drehte ihre Handflächen nach oben. »Versteh mich doch«, sagte sie. »Ich kann nicht unten auf dem Platz sitzen, essen und trinken, vergnügte Menschen um uns herum, in Gedanken daran, daß Lucie nicht weit davon in ihrem stickigen Zimmer...« Sie brach ab und biß sich auf die Unterlippe, als sei sie nicht bereit, weiter auf dieses Thema einzugehen, ihren Vorstellungen nachzugeben, die sie nur in eine trübe Stimmung bringen würden. Ihr ging es besser, wenn Lucie nicht so gegenwärtig war, während Max verzweifelt versuchte, das ihm immer mehr entschwindende Bild festzuhalten, und schon von Lucie zu sprechen, bedeutete Erleichterung für ihn, und das Gefühl, ihr nahe zu sein, egal in welchem Zustand sie gerade war, hätte ihm gutgetan und ihn auf eine seltsame Weise sogar fast glücklich gemacht.

Frau Schimlak war in der Abstellkammer verschwunden und tauchte nun mit einem Korb auf, dessen Inhalt von einem karierten Tuch verdeckt war, nur der Hals einer Weinflasche ragte hervor, und die Wasserperlchen, die am Glas herunterliefen, verrieten, daß sie den Wein in dem kleinen Kühlschrank unter der Spüle aufbewahrt hatte. »Ein Rosé«, sagte sie. »Herrlich leicht und kühl und so gut wie kalorienfrei.« Sie drückte Max den Korb in den Arm, und er ging mit Karla durch die hintere Tür in den Hof, dessen eine Ecke, wo auch der verwitterte Blechtisch stand, ganz im Schatten lag.

Der Hund, der ihnen erwartungsvoll gefolgt war, legte sich hechelnd neben die Brennesseln, über denen ein paar weiße Schmetterlinge tanzten, während Karla das karierte Tuch über den Tisch breitete und auspackte. »Siehst du«, sagte sie dabei, »das ist besser als eine Pizza. Geflügelsalat, kleine Brötchen, Selleriestangen, Trauben und Oliven.«

»Sieht gut aus«, gab er zu und zog den Korken aus der Flasche. Sie tranken den Wein aus kleinen dickwandigen Gläsern, wie man sie früher in den Wirtschaften auf dem

Land benutzt hatte, um denen, die von der Arbeit nach Hause gingen, sieben oder acht belebende Schlucke anbieten zu können, damit ihnen der Übergang von den außerhäuslichen Sorgen zu den häuslichen Sorgen leichter fiel.

»Und dazu auch noch Tafelmusik«, meinte Karla und wies mit einer angebissenen Selleriestange nach oben, wo über ihren Köpfen jemand eine Geige traktierte. Trotzdem entströmte dem Instrument manchmal eine Folge so reiner Töne, daß man dem Übenden alle Fehler verzieh.

»Sehr schön«, sagte Max. »Warst du heute schon dort?«

»Bei Swerdlas, meinst du?«

»Ja.«

»Ich war dort.«

»Und?«

»Immer dasselbe, sie lassen mich nicht zu ihr. Ich glaube, Frau Swerdla ist es inzwischen schon peinlich, daß ich unten im Laden nach Lucie frage. Sie zieht mich hinter ein Regal, nimmt, was ich mitgebracht habe, legt es irgendwohin und meint, Lucies Krankheit, so nennt sie es inzwischen, brauche ihre Zeit, und Rupert kriege das schon wieder hin.«

»Immer noch dieser Rupert?«

»Ja«, sie errötete und griff nach der Flasche, um nachzuschenken. Irgendeine Scheu hatte sie bis jetzt daran gehindert, Max zu erzählen, was sie ihrer Mutter erzählt hatte. »Sie sind ihm eben irgendwie hörig. Und dabei hat sich Lucie immer über ihn lustig gemacht.«

»Das ist merkwürdig.«

»Was?«

»Daß sich ihr Zustand überhaupt nicht ändert.« Er nahm

einen Bissen vom Geflügelsalat und kaute gequält daran herum. »Das ist einfach nicht normal.«

»Woher soll ich wissen, ob das normal ist oder nicht. Ich hab noch nie irgendwelche Drogen genommen, nicht mal Haschisch. Ich hab immer lieber gegessen.«

Er schenkte ihr einen unergründlichen Blick. »Auch das kann eine Flucht sein«, sagte er.

Der Hund erhob sich träge und legte seine Vorderpfoten auf den Tisch, um auf sich aufmerksam zu machen. Karla schob ihm ein Brötchen hin, er beschnupperte es beleidigt und zog sich wieder zurück. »Auf jeden Fall bin ich froh, daß ich jetzt dich habe«, sagte Karla plötzlich, griff nach Max' Hand und drückte sie. »Lucie fehlt mir, und auf einmal, so komisch das vielleicht klingt, vermisse ich meine Mutter. Erst dann, wenn was passiert, merkt man, wie sehr man jemanden braucht. Warum ist sie gerade jetzt weggefahren? Sie ist doch nicht krank. Sie hat mir keinen Grund genannt, und Frau Schimlak sagt auch nichts.«

»Ich nehme an, sie versucht, mit dem Trinken aufzuhören.«

Karla gab ein entrüstetes Schnaufen von sich. »Spinnst du?«

»Nein. Mein Gott, bist du blauäugig. Die ganze Stadt weiß, daß sie trinkt, außer dir anscheinend. Was war mit euch los in dem verwunschenen Haus am Berg? Habt ihr nie miteinander geredet? Ihr seid wohl nur umeinander herumgeschwommen wie Fische in einem Aquarium, Mund auf, Mund zu, und doch hat keiner zu keinem ein Wort gesagt.«

»Mag sein, mag ja sein. Ich weiß wirklich nicht viel von

ihr. Siehst du, dort…« Sie wies auf eine Fensterbank, wo ein bis zum Rand mit Zigarettenstummeln gefüllter Aschenbecher stand. »Das stammt auch von ihr, und ich wußte nicht einmal, daß sie raucht. Frau Schimlak hat es mir erzählt. Sie hat hier gesessen, wo wir jetzt sitzen, hat geraucht und der Musik von oben zugehört.«

Als sei das ein Stichwort gewesen, brach das Geigenspiel ab, und Frau Schimlak kam mit auf den Mund gelegtem Finger in den Hof. »Die ist doch nicht ganz dicht«, zischte sie.

»Wer?« fragte Karla.

»Diese Dame… diese Frau, die deine Mutter aus dem Laden geworfen hat.«

»Warum?«

»Du warst doch dabei.« Sie wurde verlegen. »Ist ja jetzt egal. Sie kommt einfach wieder hereinspaziert, und nachdem sie erfahren hat, daß deine Mutter verreist ist, fragt sie, ob sie mal unsere Toilette benützen darf.« Frau Schimlak wies mit verschwörerischer Geste über ihre Schulter auf das kleine Toilettenfenster, das in den Hof hinausging und zum Glück geschlossen war. »Erst dachte ich, sie will sich beschweren, Streit anfangen… gedroht damit hat sie ja. Aber sie war schweinefreundlich.«

»Schweinefreundlich?« fragte Max.

»Na ja… irgendwie falsch.«

Man hörte die Spülung und das Klappen einer Tür, und dann kam die Frau des Staatsanwalts dem Klang der Stimmen folgend in den Hof. Als sie Max und Karla sah, stieg ihr eine fleckige Röte ins Gesicht. »Ach«, sagte sie.

»Ach«, sagte Max.

Sie fing sich gleich wieder, strich sich über das aschblonde Haar und wandte sich nun ausschließlich an Frau Schimlak.

»Hätten Sie vielleicht einen Kamm oder eine Bürste für mich, ich muß ja schrecklich aussehen. Dieser Wind.«

Max pfiff durch die Zähne. »Wind?« fragte er.

»Kein Wind?«

»Nein«, bestätigten alle drei.

Sie kicherte nervös. »Wozu das ganze Theater. Es geht darum, daß ich Frau Bornemanns Haarfarbe einfach umwerfend finde und mir dachte, bringst du deinem Friseur ein paar Haare mit, trifft er für dich den Ton genau so.«

»Ich habe eine ganze Strähne von ihr zu Hause«, sagte Karla, »aber ich sehe nicht ein, warum... wenn meine Mutter, wie Frau Schimlak sagt...«, sie verhedderte sich und blickte hilfesuchend auf Max. Der hatte begonnen, mit den Fingern auf die Blechplatte des Tisches zu trommeln, blickte dabei abwesend vor sich hin und schien mit seinen Gedanken ganz woanders.

»Hör mal, Schätzchen«, sagte die Frau des Staatsanwalts. »Du tust mir wirklich einen Gefallen, und es macht dir doch keine Mühe, oder?«

»Nein«, sagte Max plötzlich.

»Nein«, sagte Karla.

»Nein«, echote Frau Schimlak glücklich.

Die Frau bedachte alle drei mit einem eisigen Blick, drehte sich um und verschwand im Haus, und so, als habe sich ein Frost über sie gelegt, der sich nun löste, schien die Sonne noch mehr zu wärmen, grunzte der Hund zufrieden neben seinen Brennesseln und kamen von oben die ersten Töne der Sinfonie Nr. 7 in B-Moll von Schubert.

Max schüttelte sich und nahm einen großen Schluck Rosé. »Sie erinnert mich an den Waffenmeister aus Melvilles Billy Budd.«

Frau Schimlak zog sich schnell zurück, und Karla hob nur ratlos die Schultern. »Kenn ich nicht.«

»Wen kennst du nicht?«

»Nicht den Waffenmeister, nicht Billy Budd.«

»Melville?«

»Auch nicht.«

»Schade.«

»Und was war nun mit dem Waffenmeister?«

»Er war von Natur aus verderbt.«

»Gibt es das?«

»Platon glaubt daran. Den kennst du doch?«

»Von der Schule, klar«, sagte sie, jetzt fast beleidigt. Sie schwiegen. Ein Spatz kam herangehüpft, beäugte sie neugierig, stufte sie als ungefährlich ein und spazierte dann gemächlich über den Tisch, um Brotkrumen aufzupicken.

»Er ist also von Natur aus böse«, fuhr Max fort. »Und weil er das ist, kann er Billy Budd nicht ertragen.«

»Und warum nicht?«

»Weil Billy Budd unschuldig ist.«

»Das klingt komisch.«

»Vielleicht.« Er nahm ihre Hand. »Nicht unschuldig im landläufigen Sinn, es ist eine andere Art von Unschuld, Karla.«

»Das versteh ich nicht. Und du, bist du auch unschuldig in diesem Sinn?«

»Nein.«

»Verderbt?«

»Auch nicht.«

»Was dann?«

»Ich bin so irgendwo dazwischen.«

Karla entzog ihm ihre Hand, stand auf und begann, die Reste ihres Picknicks in den Korb zu packen. »Ich denke, ich mache für heute Schluß und fahr nach Hause«, sagte sie.

»Keine Lust mehr?«

»Das eigentlich nicht.«

»Was dann?«

Sie brachte Frau Schimlak den Korb in den Laden, kam zurück und stellte sich mitten in den Hof, das Gesicht der Sonne zugewandt und die Augen geschlossen, damit sie nicht von ihr geblendet wurde. Sie erinnerte Max an das Mädchen aus dem Märchen vom Sterntaler, das darauf wartet, daß Gold vom Himmel regnet. »Gut«, meinte er, »ich werde in der Buchhandlung anrufen und sagen, daß mir schlecht geworden ist. Sie wird mir nicht glauben, aber das ist ja egal.«

»Sag ihr, daß du Fisch gegessen hast.« Karla öffnete die Augen wieder und wandte sich ihm zu. »Das ist glaubwürdig bei diesem Wetter. Fisch verdirbt sehr schnell.«

»Kluges Kind«, sagte er und ging, um seiner Chefin die Lüge zu unterbreiten.

Da Karla heute ihr Auto dabei und wie üblich hinter der Stadtmauer geparkt hatte, mußten sie nun doch den Marktplatz überqueren, den sie nach ihrem vergeblichen Besuch am Morgen eigentlich hatte vermeiden wollen. Vor Swerdlas Gewölbe hing eine Traube Japaner um die Stände, und Herr Swerdla wuselte zwischen ihnen herum, nur wenig größer und genauso betulich, als wäre das Aussuchen von Ansichtskarten nun mal das Wichtigste auf der Welt und als wäre dieses Zimmer so nah über seinem Kopf, mit jemandem darin, der diesen Stellenwert in seinem Leben weit eher hätte einnehmen müssen, einfach nicht vorhanden.

»Er verdrängt doch nur«, sagte Max, der Karlas Blick gefolgt war.

»Und das macht er sehr gut«, meinte sie voll Bitterkeit, denn gerade als sie und Max in die Gasse mit dem Kandel einbogen, bekamen sie noch mit, wie der kleine wendige Mann mit höflichen Bücklingen die Gruppe in sein Gewölbe lockte, aus dem sehr bald die Entzückensschreie der von einer solchen Ansammlung von Kitsch völlig überwältigten Touristen bis hinaus auf den Marktplatz drangen.

»Was mich angeht, ich steh sowieso mehr auf Chinesen«, sagte Max, und nach diesem mehr oder weniger dunklen Spruch liefen sie die Kandelgasse hoch, durchquerten eines der Tore, die die Stadtmauer so durchlässig machten, und schlängelten sich durch die Masse geparkter Autos bis zu Karlas Kabrio durch, das sie am frühen Morgen, als noch alles frei war, neben einem Turm geparkt hatte, der ihm ein bißchen Schatten spendete. Sie schloß auf, und gemeinsam schoben sie das Dach zurück, und was Frau Bliefert vorhin so berufen hatte, gab es jetzt wirklich, der Fahrtwind zauste Karlas Haar, das sie sich in Strähnen hatte schneiden und färben lassen, so daß, was vorher unabsichtlich wild ausgesehen hatte, jetzt gewollt wild aussah, ein Unterschied, der sie im besten Salon der Stadt einhundertfünfzig Mark gekostet hatte.

Ohne miteinander zu reden, in stillschweigendem Einverständnis, fuhren sie die Serpentinen zum Wald hinauf, wo Karlas Elternhaus, eingebettet in das sanfte Grün zahlreicher Büsche und Bäume, in den Nachmittag zu träumen begann. Karla fuhr in die Einfahrt, stellte den Motor ab und ließ sich wie Max von diesem beinahe entrückten Schweigen verzaubern, unten lag die Stadt, emsig und übervölkert im grellen Licht, aber hier schien schon vom Wald her eine flaschengrüne Dämmerung Einzug zu halten, weich und wie verwischt waren die Konturen, und als sie ausstiegen, schlossen beide die Türen so behutsam, als hätten sie Angst, irgend jemanden oder irgend etwas zu wecken. Hinter dem Haus, wo die große Kastanie ihren riesigen Schatten über das Gras warf, saßen, wie hingetupft in ihren hellen Kleidern, Eins, Zwei und Drei um einen Tisch, auf dem neben einem Brettspiel Gläser und ein Glaskrug standen, in dessen rosagetöntem Inhalt Eiswürfel und Melonenstückchen schwammen, und alles schien so deutlich und nah, als hielte ein Riese eine ungeheure Lupe über die Gruppe, um zu zeigen, wie schön das alles war. Sie wandten ihnen, als sie über die Terrasse zu der weit offenstehenden hinteren Tür, die in die Küche führte, gingen, die Gesichter zu und lächelten freundlich, so ohne jeden Hintergedanken, aber selbst auch so ohne jedes Gefühl des Ertapptseins, daß sich dieses völlige Mit-sich-im-reinen-Sein ganz auf Max übertrug, so daß er nun wie selbstverständlich hinter Karla das Haus betrat und ihr die Treppe hinauf in ihr Zimmer folgte.

# 9

Auf dem Rückweg lief Max die Steige hinunter, kam in der Dämmerung an Molls Haus vorbei und sah Licht durch die Büsche schimmern. Er blieb einen Moment stehen und erblickte den Arzt, wie er, gnomenhaft und unruhig, ein Glas in der Hand, die Bücherwände entlangstrich. Er dachte bei sich, auch den treibt etwas um, ohne zu ahnen, daß es das Telefon auf einem kleinen Tisch war, das der verliebte Zwerg in engeren und weiteren Bögen umkreiste, bis eine ferne Stimme ihm gab, was eine auch noch so hübsche Sprechstundenhilfe ihm nicht geben konnte.

Unten erwartete ihn die nun fast verlassene Stadt. Waren die Touristen erst einmal fort, gehörte sie wieder sich selbst, verfiel in den ihr gemäßen Dornröschenschlaf und zeigte die eher schäbige und schmutzige Seite. Erst jetzt kamen schlampige alte Frauen, gefolgt von ihren Katzen, aus den tiefen langen Fluren, gossen ihre Rosen oder Geranien, standen eine Weile beisammen und redeten halblaut über dies und das, bevor sie wieder, das Gehörte überdenkend und leise vor sich hin murmelnd im Dunkel ihrer Häuser verschwanden.

Max lief mit langen, weit ausholenden Schritten durch die Gassen, wo rasselnd die Gitter vor den Läden heruntergingen, die Betreiber der Kaffeehäuser, müde von dem langen

Tag, Tische und Stühle zusammenstellten und mit Ketten aneinanderschlossen, um sie vor Diebstahl zu schützen, die Hunde ein letztes oder vorletztes Mal Gassi geführt wurden und nur in den beiden Weinstuben, an denen er vorüberkam, noch Leben war. Dort flackerten die Kerzen in dem Luftzug, der von den weit geöffneten Türen herkam, auf den schweren alten Holztischen und brachten den Wein in den Gläsern zum Funkeln. Zurückgesunken in ein anderes Jahrhundert, überzogen von dieser Patina aus Trauer und Melancholie, schien die Stadt erst jetzt das zu sein, was die Fremden wohl in ihr zu sehen wünschten, ein Relikt aus längst vergangenen Zeiten.

In seiner Vorortstraße angekommen, sprang Max die paar Stufen zur Haustür hoch, schloß auf und merkte schon beim Eintreten, daß niemand da war. Das Haus war still, nicht einmal der Kanarienvogel zwitscherte, und ihm fiel ein, daß seine Großmutter bei einer dieser Kaffeefahrten war, die sie sich so gut wie nie entgehen ließ, wobei sie es jedesmal fertigbrachte, mit Werbegeschenken beladen, aber ohne eigentlichen Einkauf zurückzukommen. Um das zu erreichen, arbeitete sie mit allen nur möglichen Tricks, entweder stellte sie sich taub, oder sie hatte ihren Geldbeutel vergessen, oder sie war allergisch gegen das gerade angepriesene Produkt, und wurde ihr zu sehr zugeredet, bekam sie einen kleinen Herzanfall, der sie vor jedem weiteren Zugriff schützte.

Auf dem mit einem Wachstuch bedeckten Tisch in der Küche hatte sie ihm etwas zu essen gerichtet und neben den Teller, wie sie es oft tat, ein Papier mit einem in einer Zeitung oder Illustrierten gefundenen oder im Radio gehörten Satz hingelegt, der ihr Eindruck gemacht hatte und von dem sie annahm, daß Max ihn auch gut finden würde. Das war dann sozusagen ihr Spruch des Tages, wie man ihn auch auf manchen Kalenderblättern findet, und während er das Küchenhandtuch, das sie säuberlich über einen Teller mit belegten Broten gebreitet hatte, wegzog, las er, was in ihrer krakeligen Schrift auf dem Zettel stand: »Das Leben ist nichts Besonderes, die Dinge sind schön.« Und darunter hatte sie etwas von Dias oder Diaz und einer Plaza de oder del diamant gekritzelt, also hatte sie das aus dem Radio, eine Buchbesprechung wahrscheinlich, aber der Satz war nicht schlecht.

Er ging zum Kühlschrank, goß sich ein Glas Milch ein und trank es langsam in kleinen Schlucken, fühlte die kühle Flüssigkeit seine Kehle hinunterrinnen und dachte daran, wie oft er keine Freude an den Dingen gehabt hatte, weil sein Leben ihm überschattet schien, und daran, daß sich dadurch ja doch nichts änderte, außer daß alles noch trüber wurde. Dieser Dias oder Diaz, oder war es eine Frau, nun, wer auch immer diesen Satz von sich gegeben hatte, er hatte die richtige Einstellung. Mit Karla zusammenzusein war schön, auch wenn er Lucie liebte und sie im Augenblick für ihn unerreichbar war. So einfach war das. Er spülte das leere Glas unter einem Wasserstrahl aus, stellte es in das Spülbecken, deckte das Tuch sorgfältig wieder über die auf dem Teller verbliebenen Brote und stieg langsam hinauf in sein Zimmer, um sich umzuziehen. Bevor er Licht machte, zog er die schweren Vorhänge zu. Auf einer umgestülpten Kiste hatte er den Spiegel und die Schminkutensilien untergebracht, mit einem Seufzer des Widerwillens ließ er sich auf den Knien davor nieder und betrachtete ernsthaft sein blasses Gesicht, dem er nun mit Creme und Puder noch mehr Farbe entziehen würde, bis er zur schwarzen Tulpe geworden war. Zum letztenmal, schwor er sich, denn was hatte er im Grund mit diesen Satansjüngern gemein, außer seiner Vorliebe für alles Düstere und Morbide, und was bei ihnen ein groteskes Spiel war, ausgeschmückt mit phantastischen Kostümen und verrückten Namen, die sie sich gaben, ein Spiel, geboren aus Langeweile und Überdruß, war bei ihm etwas Alltägliches, nicht mehr und nicht weniger als die Luft, die er zum Atmen brauchte. Er war wahrscheinlich auch der einzige unter ihnen, dessen Zimmer etwas von seinen Neigungen verriet. Denn sie liebten es, sich ansonsten, schon um niemanden auf sich aufmerksam zu machen, völlig normal zu geben. Aber er hatte ja auch nur eine Großmutter zu täuschen, die aus den Gegenständen, mit denen er sich umgab, eher eine verkappte Todessehnsucht herauslas, die sie auf den frühen Verlust seiner Eltern zurückführte, als eine Neigung zum Satanismus, der ihr sicher nicht einmal dem Namen nach ein Begriff war. Als Wienerin ging sie mit dem Teufel eher liebevoll vertraulich um, und auch der Tod schreckte sie nicht, und wäre eines Abends ein Gerippe mit einer Sense hinten im Garten zwischen den Büschen gestanden, um ihr zuzuwinken, so hätte auch das sie nicht mehr als nötig in Aufregung versetzt, was sein mußte, mußte eben sein.

Aus einer mit vergilbten Zeitungsausschnitten beklebten großen alten Hutschachtel holte Max das schwarze Trikot und den Mantel. Beides hatte er einmal bei der Versteigerung eines Theaterfundus erstanden, und während er in die Verkleidung schlüpfte, erstarrten die Haare auf seinem Kopf, die er dick mit Pomade beschmiert und in Form gedrückt hatte. Inzwischen war es ganz dunkel draußen, seine Großmutter immer noch nicht da, aber das war nur gut so. Er griff sich von der Anrichte im Wohnzimmer ein Glas, das er aus der gleich danebenstehenden Rotweinkaraffe füllte, und betrat in den Stoffschuhen, die sein Kostüm ergänzten, lautlos die Terrasse. Er kroch in einen der um einen kleinen runden Tisch gruppierten Korbstühle, achtete darauf, daß er nicht knarrte oder sein Silberschmuck klirrte, und zog die Beine hoch bis unters Kinn. Wäre sein grellweiß geschminktes Gesicht nicht gewesen, hätte ihn die Nacht völlig verschluckt, so aber schimmerte es wie ein kleiner Mond, das Gegenstück zu dem großen Mond, der am Himmel aber noch auf sich warten ließ. Bedächtig, damit die dort aufgetragene Farbe nicht verwischte, führte er das Glas an die Lippen, um einen Schluck zu trinken, horchte dabei auf den verabredeten Käuzchenruf vom Waldrand her, vernahm aber bis jetzt nur die Geräusche aus den Nachbarhäusern. Irgendwo miaute eine Katze, die sicher eingelassen werden wollte, und von nebenan, wo Blieferts Tür anscheinend nur angelehnt war, kamen gedämpft die Töne eines klassischen Konzerts. Max glaubte, die Frau des Staatsanwaltes vor sich zu sehen, mädchenhaft in einen Sessel geschmiegt, sanft und mit halbgeschlossenen Augen ganz der Musik hingegeben, während unter dieser glatten und gefälligen Oberfläche wie bei einem Teich im Wald Schlinggewächse mit hungrig fächelnden, tausendfach verzweigten Fangarmen nur darauf warteten, ein Opfer mit sich in die Tiefe zu ziehen.

Gerade als vorn auf der Straße ein Auto vorfuhr und hielt, das mit großer Wahrscheinlichkeit das Taxi seiner Großmutter war, kam der dreifache Ruf des Käuzchens vom Wald her, und er löste sich aus seiner Erstarrung, glitt von der Terrasse und verschwand ohne jedes Geräusch zwischen den Stauden und Büschen im Garten, den weiten Mantel fest um seinen mageren Körper geschlungen, damit er sich nirgendwo verhakte.

Als er sich zu den anderen in den kleinen Bus zwängte, der ohne Licht, dort, wo der Waldweg in die Straße mündete, auf ihn gewartet hatte, empfing ihn der vertraute Geruch nach alten Kleidern, Schminke und Weihrauch, er tauchte ein in das Rascheln ihrer verrückten und bunten Gewänder und das närrische Zirpen ihrer schon vom Alkohol umflorten Stimmen. Das Auto setzte sich in Bewegung, sie sammelten noch zwei, drei ein, die an verabredeten Treffpunkten warteten, und als sie die Stadt hinter sich gelassen und über die nun mondbeschienenen Felder fuhren, erfaßte ihn schließlich doch wieder dieser Taumel, der Wunsch nach Exzessen, dieses fast hysterische Angespanntsein, das nur darauf wartete, sich zu entladen in Schreien und Tanzen und im Besudeln von dem, was anderen vielleicht heilig war.

Ihr Ziel war ein Schuppen, in dem der größte Antiquitätenhändler der Stadt seinen ausrangierten oder nicht mehr an den Mann zu bringenden Trödel untergebracht hatte, er lag in einer Senke an einem Bach, von einer Ulme verschattet, zwischen Holunderbüschen versteckt, nicht weit von einem Geflügelhof, von dem sie aber beim Vorüberfahren doch noch so viel Abstand hielten, daß nicht einmal die

Hunde anschlugen, während sie, wenn sie ihr Ziel erreicht und den Motor abgestellt hatten, das auch in der Nacht nie ganz verstummende ferne Glucksen und Kollern der dort gehaltenen Tiere hören konnten.

Nachdem sie diesen Hof sozusagen auf Zehenspitzen passiert hatten, beschleunigte ihr Fahrer und stieg dann so plötzlich auf die Bremse, daß sie wild kreischend durcheinanderpurzelten. Erst dann rutschte der kleine Bus den ausgefahrenen Weg in die Senke hinab, beschrieb auf dem ungemähten Gras vor dem Schuppen einen Halbkreis und blieb stehen.

»Wir sind da«, krähte überflüssigerweise eine dünne Stimme, die von einem für diese Vollmondnacht zu einer verlotterten Vettel mutierten Mädchen kam, das tagsüber brav im weißen Kittel in einer Zahnarztpraxis den Patienten den Kopf halten und ähnliche einfache Arbeiten verrichten durfte, das jetzt aber an aufgeklebten Warzen und langen schwarzen Haaren im Gesicht nicht gespart hatte, so daß selbst Satan sehr verblendet sein mußte, wollte er sich an ihr vergreifen. Überhaupt waren sie alle derart übertrieben kostümiert, als ginge es auf einen Maskenball oder als wäre bereits Halloween, und das mitten im Sommer. Aber das gab ihnen auch die Erklärung, mit der sie, falls sie doch jemandem in die Arme liefen, noch am überzeugendsten durchkamen.

»Ein Kostümfest, wissen Sie.«

»Jetzt… um diese Zeit?«

»Aber ja, das macht immer Spaß, sommers wie winters.«

Und die Masken, die sie teilweise trugen, taten ein übriges, sie unkenntlich zu machen, so daß schon manches Pärchen wie wild wechselseitig hintereinander her war, das ohnehin zusammengehörte und den ganzen Aufwand nicht nötig gehabt hätte.

»Nicht mehr weit bis Mitternacht«, sagte der Fahrer. »Hört mal zu, Kinder, ihr geht jetzt schon mal rein und bereitet alles vor.« Er bückte sich, zog einen Leinensack, nicht größer als ein Schulturnbeutel, unter seinem Sitz hervor, warf ihn einem der Insassen hinter seinem Rücken zu und öffnete, über seinen Beifahrer gebeugt, die Tür, schob sie zurück und bat sie auszusteigen. »Bis auf Schwarze Tulpe«, sagte er. »Die wird gebraucht. Ich muß noch mal schnell weg.«

»Wohin?« fragten sie. »Gibt es irgendwo ein offenes Grab?«

»Nein.«

»Was hast du vor?«

»Sag ich euch später.«

»Ohne dich wird die Messe nichts«, sagte das schrille Mädchen.

»Ich bin rechtzeitig wieder da. Ich habe sogar schon meine roten Strümpfe an.«

»Die durchbrochenen?«

»Aber ja. Kann ich jetzt endlich fahren? Tulpe, komm bitte nach vorn zu mir.«

Etwas ratlos und erstaunt ließ Max die anderen an sich vorbei, zog den Kopf ein, um seine komplizierte Frisur nicht zu zerstören, und kletterte nach vorn, um den Platz neben dem Fahrer einzunehmen. »Was ist denn los?« fragte er, während die skurrilen Gestalten sich mit Holla und Hopphopp hinter die Holunderbüsche verzogen, wo das Knarren einer Tür verriet, daß sie Einlaß gefunden hatten.

»Ich erzähl es dir gleich«, sagte der Fahrer, schaltete in den niedrigsten Gang, wendete und fuhr den Weg wieder hoch, hielt sich oben aber nicht in Richtung Stadt, von wo sie hergekommen waren, sondern nahm die entgegengesetzte Seite, trommelte nervös mit den Fingern auf das Lenkrad und pfiff dabei beinahe tonlos und sehr falsch vor sich hin.

»Und?« sagte Max.

»Was?«

»Wohin fahren wir?«

»Zum Sanatorium.«

Danach entstand ein langes Schweigen, und Max betrachtete prüfend das scharfgeschnittene Profil seines Nachbarn mit der enganliegenden Augenmaske, über der das stachlige kurzgeschnittene Haar sich sträubte. »Nun«, sagte er schließlich. »Jetzt mal raus mit der Sprache, Fred.«

Sie hatten sich vor etwa einem Jahr kennengelernt, als Fred, von dem Max damals nur wußte, daß seine Eltern ein gutgehendes Autohaus am Rand der Stadt besaßen, in die Bahnhofsbuchhandlung gekommen war und ihn gebeten hatte, ihm Huysmans *La Bas* zu besorgen. Da es irgendwie nicht so schnell aufzutreiben war, hatte Max ihm sein eigenes Exemplar geschenkt, das er sowieso passagenweise fast auswendig konnte, und so war zwischen ihnen eine zuerst eher vage und unkomplizierte Freundschaft entstanden, deren größter Gunstbeweis von Freds Seite schließlich darin bestand, daß er Max in den Kreis seiner Jünger, wie er sie liebevoll verächtlich nannte, einführte und ihn bei den allmonatlichen nächtlichen Eskapaden beteiligte. Er war es auch, der ihn zur Schwarzen Tulpe machte und, wenn auch nur sehr selten, zu seinem einzigen Vertrauten, aber genau das schien heute nacht der Fall zu sein.

Fred schob seine Maske hoch und schaltete die Scheinwerfer ein. Bis jetzt war er ohne Licht ausgekommen, aber nun näherten sie sich dem Vorort, der eigentlich nur aus ein paar Häusern neueren Datums und dem auf einer Anhöhe thronenden und alles beherrschenden Sanatorium bestand, das mit seinen Gärten, der Schwimmhalle und den Treibhäusern den halben Hügel überzog.

»In letzter Zeit geht alles schief«, sagte Fred.

»Du denkst an die Sache mit Lucie Swerdla?«

»Ja, daran auch. Was ich dir gegeben habe, war gut für einen kurzen Trip, mehr aber nicht. Irgend etwas stimmt da nicht.«

»So sehe ich das auch«, sagte Max. »Und da wir gerade auf dem Weg zum Sanatorium sind, will ich dir sagen, was ich glaube. Ich glaube, daß dieser Rupert von da oben, der sie angeblich behandelt, sie bewußt weiter unter Drogen hält.«

Fred trat kurz auf die Bremse, um eine plötzlich im Scheinwerferlicht aufgetauchte Katze über die Straße zu lassen, und wandte ihm das Gesicht zu. »Warum sollte er das tun?«

»Vielleicht bezahlen ihn Swerdlas zu gut. Ich hab gehört, daß er wie der Teufel hinter einer armen Seele hinter Geld her sein soll, weil seine Mutter ihn so knapp hält.«

»Da hast du recht. Was der schon an mir oder, wenn du willst, an uns verdient hat.«

»Wieso gerade er?«

»Ich bekomme von ihm sämtliche Kräuter, Pülverchen und Aufgüsse, die uns so munter machen. Meinst du, ich hol das Zeug im Supermarkt?«

»Natürlich nicht.«

Darüber hatte Max sich nie viele Gedanken gemacht. Freds Fähigkeiten, die ausgefallensten Drogen zu besorgen, schienen unerschöpflich, und die meisten nahmen wohl wie er an, daß Freds Status als Medizinstudent im achten Semester in einer weit entfernten Großstadt ihm dort alle Türen öffnete. »Also ehrlich«, sagte er. »Ich hatte nie angenommen, daß du hier …«

»Selbstverständlich bring ich auch ab und zu mal was von draußen mit. Aber gerade was seine Präparate aus Bilsenkraut, Schierling, Stechapfel, Tollkirsche, bestimmten Pilzen und so weiter angeht, ist er einfach unschlagbar. Und bis jetzt lief alles völlig reibungslos.«

»Wie bist du auf ihn gekommen?«

»Ich hatte Probleme mit dem Rücken und ging in seinen Yogakurs, den mir jemand empfohlen hat, es gibt da so Übungen, die für die Wirbelsäule einfach optimal sind. Es hat ja auch geholfen. Na ja, irgendwann einmal bot er sich nach der Stunde an, mir seinen Kräutergarten zu zeigen, weil ich doch Medizin studiere. Also, sie haben auch viele Giftpflanzen in ihrem Garten, weil, wie er mir erklärte, die Grenze zwischen Heil- und Giftpflanzen nach beiden Seiten offen ist. Er erzählte mir von seinen Selbstversuchen und bot mir was an. Nun, ich bin auf den Geschmack gekommen und wollte mehr. Gegen Bezahlung, versteht sich. Ich beteiligte ein paar Freunde, schon des Geldes wegen, wir fingen mit diesen Hexensabbaten an und fanden das alles eigentlich ziemlich lustig. Daß wir der toten Jungfrau einen Fuß abgetanzt haben, hat doch niemandem weh getan, nicht einmal mehr ihr.«

»Das ist wahr.«

»Und dieser Einstieg in die Leichenhalle, wo wir das tote Altchen im Sarg aufrichteten, um ihm eine Flasche Sekt in den Arm zu drücken und einen Blumenhut auf den Kopf zu setzen, war doch auch nicht schlimm, oder?«

»Sicher nicht.«

»Ich hab sie nämlich zu ihren Lebzeiten gekannt, sie wohnte nur ein paar Häuser weg von uns, und sie war alles andere als eine Kostverächterin. Ich wette, falls ihr Geist hinter uns gestanden hat, hat er sich totgelacht... wenn das dann noch geht«, fügte er auf einmal düster hinzu. »Und die machen eine Riesensache daraus, mit pietätlos und so weiter, die sollten mal meinen Professor im Seziersaal mit seinen Witzen erleben, dann wissen sie, was pietätlos ist.«

»Kann ich mir denken«, meinte Max. »Aber am besten find ich immer noch die Sache mit dem toten Schwein.«

Freds Miene hellte sich wieder auf. Das war ihr Glanzstück gewesen und wahrscheinlich auch der Fall, der den ehrgeizigen jungen Staatsanwalt in die Stadt gebracht hatte, obwohl man sich alle Mühe gab, gerade diese Sache nicht an die Öffentlichkeit dringen zu lassen. Ein Ministerialdirigent, der unter der Woche in der Landeshauptstadt residierte und dort mit einer Tänzerin vom Staatsballett liiert war, ein offenes Geheimnis, hatte sich über das eher schäbige Jugendzentrum hier bei ihnen geärgert, weil darin, wie er sich ausdrückte, rote Brut herangezüchtet wurde, und dessen Schließung veranlaßt. Und obwohl Fred und seine Freunde dieses versiffte und verklebte Zentrum eher gemieden hatten, sahen sie sich genötigt, etwas zu tun. In einer Vollmondnacht, die auf das Wochenende fiel, hängten sie im Garten des hohen Beamten eine in ein rosa Ballettröckchen gekleidete tote Sau in den Kirschbaum direkt vor das Schlafzimmerfenster, in dem sicheren Wissen, daß nur wenige Stunden später die ersten Kirchgänger sich noch vor dem hinter den zugezogenen Vorhängen ruhenden Paar das Kunstwerk zu Gemüte führen würden. Tatsächlich besahen sich die meisten dieses Arrangement mit einer stillen Zufriedenheit, die noch manchem anderen den Anblick ermöglichte, denn diese Zurschaustellung tat nicht nur den Frauen gut, die sich in die Lage der auf die Reservebank geschobenen Ehefrau versetzten, sondern auch dem einen oder anderen der vorübergehenden Männer, die sich nie einen Seitensprung erlaubt hatten und jetzt einigermaßen getröstet sagen konnten: Das hat er davon.

Noch ganz in Gedanken an dieses ihr erfolgreichstes Unternehmen, die Ehe des Ministerialdirigenten war in die Brüche gegangen, was ihn gewaltig ärgerte, denn die Frau hatte das Geld, neben dem sich seine monatlichen Einkünfte gerade wie ein Taschengeld ausnahmen, waren sie vor dem Sanatorium angelangt, aus dessen Mauerschatten sich eine dunkle Gestalt in einem gewaltigen Lodenumhang löste.

»Das ist doch dieser Rupert«, flüsterte Max. »Was soll denn das?«

»Er hat mich nun mal in der Hand«, sagte Fred. Er stieg aus und ging auf Rupert zu, und Max sah, daß er mit ihm verhandelte, um dann dem leise Protestierenden ein Tuch über die Augen zu binden, bevor er ihn zu dem kleinen Bus führte. Er öffnete die Schiebetür, stieß ihn wie ein Elefantenbaby hinein und auf den Sitz und schloß die Tür mit einem so rücksichtslosen Knall, daß es weit durch die Nacht hallte.

»Sind Sie verrückt?« nuschelte Rupert. »Wollen Sie alle aufwecken? Und ich sage es Ihnen noch mal, das mit dem Tuch war nicht abgemacht.«

Fred ließ den Motor an und wendete. »Ich habe Ihnen eine schwarze Messe versprochen, nicht mehr und nicht weniger. Wie Sie dort hinkommen und auch wieder wegkommen, ist allein unsere Entscheidung.«

Wortlos fuhren sie zurück. Vor dem Schuppen standen inzwischen noch zwei weitere Autos, und als sie ausstiegen, hörten sie leises Trommeln und rochen Weihrauch, überlagert von einem noch schwereren und süßlicheren Geruch, der sich durch die Ritzen zwischen den Holzbrettern der Außenwand zu drängen schien. Rupert hielt schnüffelnd die Nase in die Luft und begann zu kichern.

»Du bringst ihn jetzt unauffällig in den großen Beichtstuhl neben dem Altar«, sagte Fred mit unterdrückter Wut zu Max. »Er darf vorher nichts sehen, keiner darf ihn sehen. Ist das klar?«

»Ja«, sagte Max verdrossen.

»Setz dich im Beichtstuhl neben ihn, und behalt ihn im Auge.«

»Du meinst wohl, knie dich neben ihn. Schau ihn doch an. Der füllt den inneren Bezirk voll aus, da ist kein Platz mehr für mich.«

»Dann kniest du dich eben neben ihn. Reg mich jetzt bloß nicht auf. Ich muß ausgerechnet vor ihm und den anderen meine Schau abziehen. Soll ich dir was sagen: Ich hab es satt.«

»Ich auch.«

»Na wunderbar. Dann wird das heute die Abschiedsvorstellung. Es war auf seine Art nicht schlecht, aber es reicht.«

»Ja, es reicht. Ich schleife ihn durch eine der hinteren Gassen, dann merkt keiner was.«

»Und er soll den Vorhang nur eine Handbreit öffnen.«

»Sonst noch was?«

»Nein.«

Der Schuppen war, sie ausgenommen, schon seit ewigen Zeiten von niemandem mehr betreten worden. Halb verrottet war, was, als nicht mehr brauchbar angesehen, dort lagerte. Von Staub bedeckt und von Spinnweben überzogen, stapelten sich bis fast unters Dach Schränke, Kommoden, Herde, Betten, Tische, Sessel, Teppiche, Kisten mit Geschirr und solche mit von den Mäusen angenagten Büchern, bildeten eine monströse Landschaft, durch die verschiedene schmale Gassen führten, manche halsbrecherisch überlagerten Hohlwegen ähnlich, aber alle trafen in der Mitte auf eine Art Lichtung, die die Satansjünger für ihre Zwecke eingerichtet hatten. Ein schwerer Schreibtisch war zum Altar geworden, auf dem sie in den verschiedenartigsten Leuchtern Kerzen brennen ließen; auf einem glimmenden Kohlefeuer in einem Kupferbecken, einem Brasero, der anscheinend noch aus der Zeit stammte, wo es in jedem Kaufhaus spanische Möbel gab, erhitzten sie ihre Hexenkräuter, deren Dämpfe sie so närrisch machten, dazu wurde immer einer als Ministrant verkleidet, der das gewaltige Weihrauchfaß schwenken mußte, das sie aus der Wallfahrtskirche hatten mitgehen lassen. Die dicken, süßlich riechenden Schwaden, die der meistens völlig begeistert in seinem Tun aufgehende Jünger damit erzeugte und die in jeden Winkel und in jede Spalte krochen, brachten sogar die Holzwürmer in den morschen Möbeln zum Husten.

Als Max und Fred, den immer noch mit seiner Augenbinde versehenen Rupert zwischen sich, leise und vorsichtig, um ja kein Geräusch zu machen, die von ihnen selbst ausgesägte Tür hinter dem Holunderbusch aufstießen, merkten sie an dem nun nicht mehr gedämpften Getrommel, dem Gekreisch und Gelächter, das ihnen entgegenschlug, daß ihr behutsames Vorgehen unnötig gewesen war. Das Ganze hörte sich an wie eine außer Rand und Band geratene Schulklasse, die das Ausbleiben ihres Lehrers feiert. Fred schob Rupert mit seinem Begleiter in einen schmalen Durchgang und lief selbst auf dem kürzesten Weg zu der Lichtung, wo er mit infernalischem Geheul begrüßt und umringt wurde, ein Umstand, den Max ausnutzte, um Rupert hinter sich her zu ziehen und unauffällig in dem mächtigen, mit Schnitzereien überladenen Beichtstuhl unterzubringen, den sie seitwärts in der Nähe des Altars aufgestellt hatten. Die dicken violetten Vorhänge, die den Priester, der die Beichte abnahm, und die oder den seine Sünden Vortragenden vor neugierigen Blicken geschützt hatten, waren zwar verschlissen, aber immer noch dicht genug, um zu verbergen, was hinter ihnen vorging, und so zischelte Max, als Rupert sich ächzend auf dem dem Priester vorbehaltenen Polster und er sich auf der unbequemen hölzernen

Fußbank eingerichtet hatten: »Sie können das Tuch jetzt abnehmen.«

Rupert gehorchte, blinzelte durch einen Spalt im Vorhang und schien völlig weg von dem, was er da sah. Er begann wieder leise vor sich hin zu kichern.

»Was ist?« fragte Max wütend, dem in seiner demütigenden knienden Stellung, die er beibehalten mußte, wollte er Rupert nicht ohne Aufsicht lassen, nichts anderes übrigblieb, als von der Seite durch das zerbrochene Holzgitter das feiste Profil des unerwünschten Gastes aus solcher Nähe zu betrachten, daß er sich, wäre es in dem Kabuff nur etwas heller gewesen, jede schweißige Pore hätte einprägen können.

»Nichts ist«, flüsterte Rupert. »Was seid ihr nur für reizende Kinder.«

Max drehte den Kopf, schob seinen Vorhang etwas zur Seite und ließ den Stoff dann gelangweilt wieder fallen. Staub stieg ihm in die Nase, er mußte husten. Es war sowieso nur das Übliche. Sie zogen Fred die Klamotten vom Leib, bis er nur noch in einem purpurroten Höschen, Strapsen und durchbrochenen Strümpfen dastand, und kleideten ihn dann unter vorgespielter Ehrfurcht und mit übertriebenen Verbeugungen, immer wieder geschüttelt von hysterischem Gelächter, in die Gewänder, die für die Messe vorgesehen waren.

»Interessant«, murmelte Rupert. »Man lernt doch nie aus.« Und Max, der wußte, daß ihre Art, eine schwarze Messe abzuhalten, wirklich nur ein Kinderspiel war gegen das, was echte Fanatiker betrieben, seufzte nur ergeben und wünschte sich nach Hause in sein Bett. Hatte er, kurz nachdem er heute abend das erstemal in den Bus gekrochen war, noch das Wiederaufleben alter Gewohnheiten zu spüren geglaubt, so war er jetzt wieder völlig ernüchtert, zog sich immer mehr in sich selbst zurück und nahm, was sich da draußen vor dem Beichtstuhl und rund um den Altar abspielte, nur noch wie von weitem wahr, höchstens aufgeschreckt von Ruperts gelegentlichen Zischlauten oder seinem anerkennenden Schnalzen, und erst als der Dicke den Kopf ganz zu ihm drehte und unter aufgeregtem Lispeln fragte: »Aber wenn die Orgie erst richtig losgeht, läßt du mich doch raus?«, fuhr Max endgültig hoch, wischte sich Ruperts Speicheltröpfchen mit dem Ärmel seines Trikots aus dem Gesicht und schüttelte den Kopf.

»Schade«, meinte Rupert, betrachtete ihn das erstemal genau und bohrte mit einem ausgestreckten Zeigefinger in Max' hochgetürmtes, wie gelackt wirkendes Haar. »Was hast du da nur gemacht, Junge?«

»Das gehört zu meinem Kostüm.«

»Und was stellst du dar?«

»Eine schwarze Tulpe«, sagte Max widerstrebend.

Rupert krümmte sich, als habe man ihm einen Schlag in den Magen gegeben. »Das muß ein Witz sein«, brachte er prustend hervor. »Die schwarze Tulpe, Lucies schwarze Tulpe, nach der sie immer ruft, wenn wir den meisten Spaß miteinander haben.«

Max öffnete den Mund und spürte, wie ihn sein Atem in einem langgezogenen Schluchzer verließ. Es war, als würde ihm jemand mit aller Kraft den Brustkorb zusammendrücken. Er stürzte aus dem Beichtstuhl, riß den violetten Vorhang herunter, krallte seine Hände in Ruperts Bart und zerrte ihn von seinem Sitz. Soviel kleiner und schmächtiger als sein Gegner, führte er einen grotesken Tanz mit ihm auf. Kaum unterscheidbar ineinander verschlungen und so überraschend auf der Bildfläche erschienen, mußten sie den anderen vorkommen wie eine Ausgeburt des Teufels, der sich endlich persönlich die Ehre gab. Eben noch so hingerissen von ihrem Hexensabbat, stoben sie nun schreiend auseinander, nur der Ministrant mit dem Weihrauchfaß machte sich das Vergnügen, die beiden aus sicherer Entfernung und mit ermunternden Zurufen einzunebeln, bis sie schließlich ganz die Sicht verloren, über das Becken mit den glühenden Kohlen stolperten und es umstießen. Kleine rotglühende Kugeln rollten über den Boden, fanden in Windeseile Nahrung in den Sägespänen und Papierfetzen, die sie seinerzeit beim Durchwühlen der Kisten überall verteilt hatten, und ließen winzige zuckende Flämmchen hochkommen, die sich nach allen Seiten ausbreiteten. An ein Ersticken des Feuers war nicht mehr zu denken. Von Panik erfaßt, suchte die Meute einen Weg durch die engen Durchlässe, und wenn sie jemals vom Höllenfeuer geträumt hatten, dann hatten sie es jetzt.

Die ersten, die ins Freie kamen, keuchend und nach Luft schnappend, sprangen in die Autos, um sie die Anhöhe hoch und außer Reichweite des Feuers zu bringen, dort warteten sie eine Weile, wild hupend, aber als im Aussiedlerhof die Hunde zu bellen begannen und die Lichter angingen, rasten sie davon. Die Zurückgebliebenen fluchten, von Husten unterbrochen, hinter ihnen her, rafften ihre zerrissenen und angesengten Gewänder zusammen und machten sich hinkend, hoppelnd und hüpfend auf den Weg über die Felder. Im Schein des nun schon verblassenden Mondes, der müde über einem nahen Wäldchen hing, ähnelten sie Vogelscheuchen, denen jemand Beine gemacht hatte.

Max lag hinter dem Holunderbusch, der ihren geheimen Eingang verdeckte, und zog pfeifend die Luft ein. Bei jedem Atemzug fühlte er einen stechenden Schmerz in der Lunge, aber das immer lauter werdende Sausen und Dröhnen des nun wie rasend gewordenen Feuers trieb ihn hoch. Taumelnd, mit immer wieder nachgebenden Knien und noch völlig benommen, lief er querfeldein in Richtung auf die Stadt. Unterwegs hörte er Sirenen heulen und sah die blauen zuckenden Lichter eines Löschwagens auf die nun weithin sichtbare Brandfackel zuhalten.

Es begann zu dämmern, als er endlich die stille Vorortstraße erreichte, in den Büschen und Bäumen glucksten, noch ganz traumverloren, die ersten Vögel, er überquerte schlurfend den gepflasterten Stellplatz, ging um das Haus herum, stieg zur Terrasse hoch und war so gefangen in seiner Erschöpfung und in seinem Kummer, daß Frau Bliefert ihn zweimal anrufen mußte, bevor er sie bemerkte.

»Das habe ich mir gedacht«, sagte sie mit honigsüßer Stimme. »Daß Sie da mit drinhängen. Herr Hoflinger, ich muß Sie dringend sprechen.«

Sie kauerte in dem Korbsessel, in dem er am Abend vorher gesessen und auf das Signal vom Waldrand gewartet hatte.

»Was wollen Sie?« fragte er heiser.

»Nicht viel. Sie besorgen mir diese Strähne von Frau Bornemanns Haar.«

»Nein«, sagte er müde. »Warum sollte ich?«

Sie sprang vom Sessel hoch, hielt ihr Gesicht dicht vor seines und schloß die Augen zu zwei schmalen Schlitzen. Er glaubte, ihren Haß, einen Haß, der sich inzwischen sicher nur noch beinahe zufällig auf diese eine Person richtete, geradezu greifen zu können. Wie bei jemandem, der Gift gegeben und seine Wirkung beobachtet hat, dachte Max, sie kann nicht mehr anders, sie ist kurz davor zu zerspringen. Er beugte sich wie schutzsuchend nach hinten. Sie hob die Hände und betastete sein angesengtes Trikot, roch an den wie geschmolzen aneinanderklebenden Haaren und stieß dabei leicht mit ihrer Zunge an die Zähne, brachte damit ein tadelndes »tz, tz« hervor und schüttelte den Kopf. »Diese Nacht, vielmehr letzte Nacht«, sagte sie beiläufig, »wurde mein Mann zu einem Feuer draußen auf den Feldern gerufen, und nach allem, was ich so gehört habe...«, sie erhob die Stimme, und Max legte ihr schnell seine Hand auf den Arm, »bei dem Gespräch mitbekommen habe«, fuhr sie nun wieder leiser fort, »haben die Leute vom Aussiedlerhof einen Toten gefunden, der es bis fast zur rettenden Tür geschafft hatte, aber eben doch nicht ganz.«

»Weiß man, wer es war?« fragte er stockend.

»Ja. Dieser dicke junge Mann vom Sanatorium.«

»Rupert?«

»Genau. Irgend so ein Rupert noch was. Und das, Bruder, ist nun wirklich kein Spiel mehr. Das kostet zuviel.«

Er wandte ihr sein rußverschmiertes Gesicht zu und lächelte jetzt beinahe. »Und woher wollen Sie wissen, daß ich das richtige Haar bringe?«

Sie starrte ihn nur schweigend an.

»Muß es gleich sein?« fragte er.

»Noch heute.«

Er nickte. Eine unendliche Müdigkeit erfaßte ihn. Kam es darauf noch an? Lucie war zerstört, auch wenn Rupert jetzt nie mehr zu ihr kommen würde. Und Karla? Wer war Karla? Das Mädchen, in dessen Zimmer er gestern gewesen war. Das Zimmer, in dem die Schachtel mit dem Haar lag. Er mußte nur, während Karla im Laden war, zu einem der indonesischen Dienstmädchen gehen und sagen, daß er gestern etwas in dem Zimmer vergessen hatte. Kein Problem.

»Kein Problem«, sagte er laut.

Sie gab ihn frei, und er wand sich an ihr vorbei und stolperte durch die angelehnte Tür ins Wohnzimmer, wo seine Großmutter die bei der Kaffeefahrt erbeuteten Geschenke auf dem Tisch vor dem Sofa aufgebaut hatte. Der Kanarienvogel, zugedeckt in seinem Käfig, schlief noch, draußen aber durchbrachen die ersten Sonnenstrahlen den Morgendunst und ließen die Tautropfen im Gras glitzern.

# 10

Alles wie Zunder runtergebrannt«, meinte Frau Schimlak, während sie die Bluse, die sie gerade aus einem Karton genommen und über einen Bügel gehängt hatte, in Form zupfte. »Wagners gesamter alter Trödel, aber wie ich ihn kenne, war er gut versichert. Manche deuten sogar an…« Sie schwieg und sah auf Karla hinunter, die neben dem Hund auf dem Teppich lag, ihn streichelte und hinterm Ohr kraulte, mit einem so selbstvergessenen Ausdruck, daß sich Frau Schimlak nicht sicher war, ob sie ihr überhaupt zuhörte.

»Selbst angesteckt?« fragte Karla verträumt und stieß dem Hund, der sich zufrieden grunzend auf den Rücken gewälzt hatte, ihren Zeigefinger in den Bauch.

»Du weißt doch, was die Leute reden. Ein Möbellager, weit draußen auf den Feldern, wer kriegt da schon was mit.«

»Alles ist möglich«, sagte Karla.

Frau Schimlak trat einen Schritt zurück und betrachtete die Bluse mit kritischem Blick, wandte sich dann aber offensichtlich zufrieden dem nächsten Stück aus dem Karton zu. Seidenpapier fiel raschelnd zu Boden, sie steckte sich ein paar Nadeln zwischen die Lippen, und fuhr so, einigermaßen unverständlich, in ihrer Unterhaltung fort: »Ein Toter.«

»Und weiß man, wer es ist?«

»Die Polizei scheint es zu wissen, hält den Namen aber noch geheim, um die Ermittlungen nicht zu erschweren, sagt man.«

»Vielleicht ein Landstreicher. Ein schöner Tod«, sagte Karla, und genausogut hätte sie sagen können: Es wird bald regnen. Frau Schimlak gab es auf, mit diesem traumverlorenen Wesen weiter irgendeine Art von Austausch zu betreiben, und widmete sich nun ganz der Dekoration ihrer Blusen, verschluckte aber nur wenig später beinahe eine der Stecknadeln, als ein weißer Lieferwagen mit der Aufschrift ›Eilige Arzneimittel‹ mit quietschenden Bremsen vor dem Laden hielt.

»Na so was«, sagte sie.

Karla erhob sich halb vom Teppich und erkannte erstaunt Joachim, der in einem langen, weit offenstehenden grünen Kittel, unter dem er kurze Hosen trug, auf die Eingangstür zustürmte, um sie so heftig aufzureißen, daß die Glocke mit dem Anschlagen kaum nachkam.

»Hier braucht keiner irgendeine Medizin«, sagte Karla, »trotzdem freu ich mich, daß du uns besuchst. Ist das dein neuer Beruf?«

»Bis ich mit dem Studieren anfange, ja. Hör zu, Karla, ich hab nur wenig Zeit und muß gleich weiter. Es geht um Lucie, ich habe sie gerade gesehen.«

Karla sprang auf. »Das ist ja wunderbar. Also ist sie über den Berg?«

Er hob abwehrend die Hände. »Nein, nein, du verstehst mich nicht richtig. Ich habe sie an ihrem Fenster gesehen.«

Karlas Begeisterung legte sich. »Ach ja? Und?«

»Sie sieht schrecklich aus. Wie ein Gespenst, bleich und aufgedunsen und irgendwie völlig abwesend. Ich hab gerade an der Marktapotheke ausgeladen und wie zufällig an ihrem Haus hochgesehen, und da war sie. Karla, wir müssen etwas tun.«

»Aber was«, sagte sie hilflos. »Ich geh doch jeden Tag hin... beinahe jeden Tag«, fügte sie schuldbewußt hinzu, denn heute hatte sie noch kein einziges Mal an Lucie gedacht. »Aber Swerdlas lassen mich nicht zu ihr.«

»Sind die denn immer da?«

»Immer. Jedenfalls immer einer von ihnen, schon des Ladens wegen.« Sie überlegte. »Aber einmal in der Woche gehen sie tatsächlich zusammen weg. Jeden Samstagabend zu Rupert ins Sanatorium.«

»Das ist heute.«

»Ja.«

»Zu welcher Zeit?«

»So gegen sechs Uhr abends, glaube ich. Ja, das stimmt. Lucie mußte nämlich immer mit und war jedesmal wütend.«

»Gut, gut«, sagte er. »Wir werden schon irgendwie hineinkommen. Notfalls brechen wir die Tür auf. Wir treffen uns in dem Café gegenüber von Swerdlas Laden. Alles klar?«

Karla bewegte unruhig die Schultern. »Vielleicht bin ich heute abend schon verabredet«, sagte sie leise.

Joachim wurde weiß bis in die Nasenspitze. »Wenn du da bist, ist es gut, und wenn nicht, hol ich sie allein da raus.«

Er wandte sich ab und lief hinaus, und Karla, der erst jetzt richtig bewußt wurde, was sie gesagt hatte, rannte hinter ihm her und versuchte, ihn an seinem flatternden Kittel festzuhalten. »Tut mir leid, tut mir wirklich leid, Joachim. Ich weiß nicht, was in mich gefahren ist. Ich bin auf jeden Fall Viertel vor sechs im Café, spätestens. Und wir müssen keine Tür aufbrechen, ich kenne einen Schlupfweg, über den wir in den Hof kommen.«

Er schüttelte ihre Hand ab und öffnete die Tür des Lieferwagens. Sie griff nach dem Fenster, das er hochdrehen wollte, und starrte in sein verschlossenes Gesicht. »Versteh mich doch, es gibt da jemanden...« Und weil er weiter so unbewegt blieb, verwandte sie den altmodischen Begriff, der sich ihr in einer der Englischstunden in der Schule eingeprägt hatte. »Ich bin in Liebe gefallen«, sagte sie.

Joachim drehte den Zündschlüssel und gab ein bißchen Gas, damit sie loslassen und zurücktreten mußte. »Ob du gefallen, geflogen oder gesprungen bist, ist mir doch egal«, sagte er. »Nur müßtest du mich gerade dann am allerbesten verstehen.«

Sie sah ihm nach, den Mund halb offen, schmollend wie ein kleines Mädchen.

»Bißchen dramatisch, was?« sagte sie dann, in den Laden zurückgekehrt, zu Frau Schimlak, die die ganze Zeit scheinbar unbeteiligt, aber mit gespitzten Ohren, ihr Gespräch verfolgt hatte.

»Ich halte mich da raus«, meinte Frau Schimlak, »ich halt mich überhaupt aus allem raus.«

Aber noch keine Stunde später, als sie Karla in dem kleinen Hof mit angezogenen Beinen, um die sie ihre Arme geschlungen hatte, auf einem der klapprigen Stühle hinter dem Blechtisch kauern sah, konnte sie einfach nicht mehr so tun, als ob nichts wäre, wölbte ihre Hände um den Mund und rief vom Flur her Karlas Namen.

»Telefon?« fragte Karla und setzte die Füße auf den Boden.

»Nein.«

»Was ist dann?«

»Tut mir leid, Karla, aber ich müßte jetzt den Laden schließen. Willst du noch hierbleiben?«

»Ja«, sagte Karla.

»Dann lasse ich die Tür offen und dreh nur das Schild um. In Ordnung?«

»Ja«, sagte Karla.

»Soll ich den Hund mit zu mir nehmen?«

»Ja.«

Frau Schimlak tat einen Schritt hinaus in die Sonne und blinzelte zu dem Häuflein Unglück hinter dem so liebevoll gedeckten Tisch hinüber. »Warum rufst du nicht in der Buchhandlung an?«

»Hab ich doch. Vorhin, als Sie mit dem Hund weg waren.«

»Und?«

»Er war den ganzen Tag noch nicht da. Seine Chefin ist grenzenlos wütend. Sie hat gesagt, sie wirft ihn demnächst raus.«

»Und warum rufst du nicht bei ihm zu Hause an?«

»Sie haben kein Telefon. Hat er mir mal erzählt. Sie gehen zu einer Telefonzelle an der Ecke.«

»Das ist ja geradezu mittelalterlich.« Frau Schimlak knetete hilflos ihre Hände. »Schau mal, Karla, vielleicht ist er krank.«

»Dann hätte er seine Großmutter zur Telefonzelle schikken können, damit sie hier anruft.«

»Vielleicht soll seine Großmutter nichts von dir wissen.«

Karla hob hoffnungsvoll den Kopf. »Meinen Sie?«

»Könnte doch sein. Ach Kind, du kannst dir nicht vorstellen, was ich mit Schimlak in puncto Zuverlässigkeit schon alles mitgemacht habe. Männer sind da einfach anders, in der Beziehung haben sie keine Phantasie. – Und ob sie sie in irgendeiner anderen haben, ist auch noch die Frage«, setzte sie, aber mehr für sich selbst, dazu.

»Also bleib ich einfach da und warte, bis es Zeit ist, Joachim zu treffen.«

»Tu das. Und iß einen Happen. Das wird dir gut tun.« Sie beugte sich herunter und tätschelte dem Hund, der ihr gefolgt war und nun neben ihr stand, den Kopf. »Schimlak mag ihn schon richtig«, sagte sie. »Er geht sogar Gassi mit ihm. Das hat er mit mir, in übertragenem Sinn natürlich, schon lange nicht mehr gemacht.«

»Dann ist es ja gut«, meinte Karla, »auf Wiedersehen, Frau Schimlak.«

Es wurde still im Hof. Die Schatten rückten langsam vor, der Käse auf dem Tisch drehte seine angetrockneten Krusten nach oben, und auf den Trauben spazierte eine Wespe umher. Karla ließ das gleichgültig, das Kinn in beide Hände gestützt, gab sie sich ganz ihrem Kummer hin, ohne zu ahnen, daß dieser Zustand ihr in wenigen Stunden in der Rückerinnerung paradiesisch vorkommen würde. Als es ihr an der Zeit schien, erhob sie sich, streckte die Arme aus und schloß sie dann einen Moment fröstelnd um ihren Körper, obwohl es doch gar nicht kalt war. Sie schenkte dem gedeckten Tisch keinen Blick mehr, ging in den Flur, schloß sorgfältig hinter sich ab und drehte sich in der Mitte des verlassenen und nun auch so stillen Ladens einmal um sich selbst und sah sich, in dem gebrochenen Dämmerlicht, das durch die von Frau Schimlak fast ganz geschlossenen Jalousien hereinkam, mehrfach gespiegelt. Das ließ sie an die Geschichte von dem häßlichen Kind denken, das, wenn es allein zu Haus war, zur Prinzessin wurde, so schön, daß die Dinge um es herum den Atem anzuhalten schienen, aber diese von ihm ganz allein geschaffene Schönheit zersplitterte, kaum daß die anderen zurückkamen und es mit ihren Augen betrachteten.

Joachim erwartete sie schon, versteckt hinter dem Gitter einer weißen Holzbalustrade, über die üppig blühende Geranien hingen. Vom Marktplatz her gegen Einsicht abgeschirmt, konnte er doch von hier aus sehr gut Swerdlas Tür im Auge behalten. Der Laden war geschlossen, die Ständer mit den verlockenden und preiswerten Angeboten weggeräumt, so daß jetzt auch das kleine Schaufenster unter seinem stark gewölbten Bogen sichtbar war, in dem die immer gleichen Ladenhüter vor sich hin staubten.

»Was möchtest du trinken?« fragte er, als sie ihn gefunden und sich zu ihm gesetzt hatte.

»Was trinkst du?«

»Kaffee.«

»Mir dann auch.«

Er bestellte und zahlte gleich, nachdem das Gedeck gebracht worden war. Sie tranken, und Joachim griff nach Karlas Hand und drückte sie.

»Du hast doch irgendwas?« fragte er. »Hat es mit mir zu tun?«

»Nein.«

»Ist was mit deiner Mutter?«

Sie sah ihn erstaunt an. »Warum fragst du? Sie ist in einem Sanatorium. Du hast also auch mehr gewußt als ich?«

»Das ist eigentlich immer so«, meinte er kurz, um dann, versöhnlicher, hinzuzufügen: »Nähe macht manchmal blind.«

Karla zupfte ein Blütenblatt ab und zerrieb es zwischen den Fingern. »So besonders nah waren wir uns die letzten Jahre eigentlich nicht, aber wie auch immer, im Moment verstehen wir uns gut. Sie telefoniert fast jeden Tag, will wissen, wie es mir geht und wie ich mich fühle und was ich so mache, und sie möchte mit mir, wenn sie erst wieder zurück ist... da sind sie.« Die letzten Worte flüsterte sie nur noch, als könnten die beiden, die drüben vor ihre Tür getreten waren, etwas hören.

Herr Swerdla wandte ihnen den Rücken zu und schloß gerade ab, während seine Frau geistesabwesend vor sich hin blickte, wenig berührt von dem immer noch bunten Treiben auf dem Marktplatz, das sich schlagartig in Nichts auflösen würde, war der letzte Bus hinter der Stadtmauer erst einmal abgefahren. Herr Swerdla drehte sich um, schob seinen Arm unter den seiner Frau und schusselte mit ihr zusammen die Straße mit dem Kandel hoch, wo sie ihr altersschwaches Auto, wie Karla wußte, in einer gemieteten Garage untergestellt hatten.

»Seltsam«, sagte Karla. »Ist dir das auch aufgefallen?«

»Ihre Kleidung.«

»Ja. Beide ganz in Schwarz. Als gingen sie zu einer Beerdigung oder Trauerfeier.«

»Lucie?« sagte Joachim mit schwacher Stimme.

»Du hast sie doch erst heute morgen...«

»Ja und? Hat das was zu sagen?«

»Dann komm, wir schauen nach.«

Karla lief ihm voraus über den Marktplatz, bog um eine Ecke in eine ruhige Seitenstraße und lehnte sich dort mit dem Rücken wie zufällig gegen ein paar Bohlen, die einen schmalen Spalt verschlossen, der zwischen zwei eng nebeneinanderliegenden Häusern durchlief. Ein alter Mann kam vorbei, beachtete sie aber nicht weiter, und als die Luft rein schien, drückte sie die morschen Bretter mit aller Kraft wie eine Tür nach innen und tat zur Sicherheit noch so, als suche sie nach einer Katze. »Miez«, rief sie. »Miez, wo bist du nur wieder?«, und dabei zog sie Joachim mit sich in den übelriechenden Durchlaß, der anscheinend von vielen als Müllkippe benutzt worden war, verrostete Blechbüchsen, Pappbecher und aufgeweichte Prospekte lagen im Unkraut und ließen sie nur langsam vorwärts kommen. Schritt um Schritt schoben sie sich seitwärts durch, bis sie einen kleinen Hinterhof erreicht hatten, ähnlich dem hinter Bornemanns Laden, der hier aber auf drei Seiten von hohen Brandmauern umgeben war, so daß niemand ihn einsehen konnte, nur an der Rückseite von Swerdlas Haus gab es Fenster, aber von da hatten sie nichts zu befürchten. Sie streiften die Spinnweben ab und blickten sich um. Joachim, der das erste Mal hier war, konnte über die Sammelleidenschaft der Swerdlas nur staunen. Da waren Holzkisten in allen nur denkbaren Größen, übereinandergestapelte, längst durchweichte Pappkartons, ausrangierte Regale, verbeulte Mülleimer, aufgerissene Plastiksäcke, aus denen die merkwürdige Füllung quoll, und noch vieles mehr, das wegzuwerfen die beiden Alten wohl nie übers Herz gebracht hatten. Aber mitten in diesem Unrat, völlig unangebracht und deshalb um so anrührender, stand ein Holzkübel, bepflanzt mit einer blauen Hortensie, die an diesem sicher immer etwas schattigen und feuchten Ort die Bedingungen gefunden hatte, die ihr zusagten, so daß es ihr gelungen war, die Farbe des Himmels in den Hof zu holen.

Eine von Nässe verquollene Tür hinten an Swerdlas Haus, die sicher schon seit Jahren nicht mehr richtig schloß, gab ihnen den Weg in den unteren Flur frei, und sie stießen sie ganz auf und traten ein.

Sofort überfiel Karla dieser altvertraute Geruch nach Bohnerwachs und mit Kohl zubereitetem Eintopf, Swerdlas Samstagsessen, seit sie sie kannte. Am Fuß der Treppe, die vom Laden nach oben führte, blieben sie stehen und lauschten, hörten aber nur das Ticken einer Uhr und das nie enden wollende leise Knistern und Knacken, das alte Häuser nun mal an sich haben.

»Laß mich erst einmal allein nach ihr sehen«, flüsterte Karla. »Ich kenn mich aus.«

Sie stieg nach oben und drückte die Klinke an Lucies Tür nieder, es war abgeschlossen, aber da der Schlüssel außen steckte, schien das kein Problem, sie drehte ihn um und sah durch einen Spalt ins Zimmer.

»Hallo«, rief sie leise. Es dauerte eine Weile, bis ihre Augen sich an das in dem Raum herrschende Zwielicht gewöhnt hatten, aber dann erkannte sie die Umrisse von Spiegel, Schrank und Bett und auf dem Bett einen unförmigen Hügel, als habe ein Tier sich hier zusammengerollt, um zu schlafen. Eine seltsame Scheu hinderte Karla, das Licht anzuknipsen, sie tastete sich zum Bett und setzte sich auf den Rand.

Lucie atmete tief und schwer, ihr Körper lag auf der Seite, zusammengezogen, mit rundem Rücken, die Knie fast am Kinn. Behutsam griff Karla nach ihrer Schulter und drückte sie sanft. »Wach auf«, sagte sie. »Ich muß mit dir reden.« Als keine Reaktion erfolgte, rüttelte sie den so schlaff wirkenden Körper heftiger, stand schließlich auf und ging ans Fenster, um die Jalousie hochzuziehen.

Vom Bett kam ein Wimmern. Sie drehte sich schnell um und blickte in Lucies Gesicht. Lucie hatte sich aufgerichtet, die Arme auf die Unterlage gestützt und starrte nun wie blind mit riesenhaft vergrößerten Pupillen in ihre Richtung. Aufgedunsen und fast ohne Konturen erschien Karla Lucies Gesicht, es erinnerte sie an eine Zeichnung, die jemand mit sicheren Strichen begonnen hat, um dann die Linien teilweise wieder zu verwischen.

»Diese Schweine«, sagte Karla, »was haben sie nur mit dir gemacht«, und ohne weiteres Überlegen stürzte sie zum Schrank, zerrte Wäsche, Hemden und Strümpfe heraus und griff als letztes nach einem dicken Pullover, den sie selbst einmal für ihre Freundin gestrickt hatte und der ihr seinerzeit so lang geraten war, daß er fast noch Lucies Knie bedeckte. Mit ungeschickten Fingern begann sie, ihn über das zerknitterte und verschwitzte Nachthemd zu streifen, das Lucie trug, und die ganze Zeit, während sie zerrte und zog, sich in Lucies langen Haaren verhedderte und wieder löste, schwätzte sie zusammenhanglos vor sich hin, gequält von Selbstvorwürfen, weil sie nicht schon früher etwas unternommen hatte, aber gleichzeitig auch in Panik und voll Angst, daß Swerdlas mit Rupert zurückkommen würden, bevor sie Lucie in Sicherheit gebracht hatte.

»Das muß reichen«, sagte sie, bückte sich nach einem Paar Socken, das neben dem Bett auf dem Boden lag, und streifte sie ihrer Freundin über die Füße, bevor sie ihr beide Hände unter die Achseln schob, um sie anzuheben und auf die Beine zu stellen.

Wie betäubt hatte Lucie alles mit sich geschehen lassen, aber als sie schon draußen auf dem Flur waren, fing sie plötzlich an, mit kleinen japsenden Lauten gegen Karla zu kämpfen. Eine unerwartete Kraft steckte in dem vorher so nachgiebigen Körper, den nun nichts mehr zu beherrschen schien als der Wunsch, sich aus dieser Umklammerung zu befreien. Mit einem letzten heftigen Ruck riß Lucie sich los, taumelte von Karla weg, griff ins Leere und stürzte die Treppe hinunter. Es gab ein Gepolter, danach wurde es unerträglich still.

Unfähig, etwas zu tun, setzte sich Karla auf die oberste Stufe und wartete. Nun war nichts mehr zu hören als das Ticken der Uhr und dieses leise Knistern, das jetzt verstärkt aus den Wänden zu kommen schien, wie ein gespenstisches Flüstern, das lauter und immer lauter wurde, bis Karla glaubte, der Kopf müsse ihr zerspringen.

Das Licht im Treppenhaus ging an, und Joachim kam, zwei Stufen auf einmal nehmend, von unten hoch, verharrte vor dem gekrümmten Bündel, das quer über dem

Absatz lag, und hob nun langsam den Blick zu Karla, die sich am Geländer hochgezogen hatte und mit unsicheren Schritten zu ihm herunterkam. »Ist sie tot?« fragte sie.

Er ging in die Hocke und berührte das weiche Haar, schauderte aber zurück, als er rote Flecken auf seinen Fingern bemerkte.

»Kopfwunden bluten immer stark«, meinte er.

»Soll ich einen Krankenwagen rufen?«

»Ja… tu das.«

Sie legte einen Augenblick beide Hände über ihre Augen, löschte das Bild, löschte viele Bilder, dann drehte sie sich um, den Auftrag zu erfüllen.

Unten im Laden machte sie überall Licht, kramte den Ersatzschlüssel aus einer Schublade, öffnete die Tür zum Marktplatz und ließ sie weit aufstehen. Und nun begann sie zu rennen, rannte wie eine Närrin die Straße mit dem Kandel hoch, bis zu der Stelle, wo sie ihr Auto geparkt hatte, und hielt sich nur noch an einem Gedanken fest: Was auch immer geschehen war, es war geschehen, sie mußte zu Max, er gehörte zu ihr, und er würde sie in den Arm nehmen und ihr helfen. Sie wußte, wo er wohnte, sie hatte ihn ein paarmal nach Hause gebracht, aber er hatte sie nie mit hineingenommen – auch das spielte jetzt keine Rolle mehr.

In der stillen Vorortstraße angekommen, klingelte sie so lange, bis Frau Hoflinger ihr aufgemacht hatte, ließ sich von dem Protest der alten Frau nicht aufhalten und rannte, als habe ihr jemand den Weg gewiesen, die Treppe zu Max' Zimmer hoch. Sie fand ihn, zusammengekrümmt auf seiner schwarzbezogenen Matratze inmitten all seiner Insignien, den kläglichen Fürst der Hölle, die Schwarze Tulpe. Sie starrten sich nur an, bevor sie, sehr viel langsamer, als sie gekommen war, an der erschrockenen Frau Hoflinger vorbei wieder hinaus auf die Straße ging, um nach Hause zu fahren.

Und wie in einem Alptraum, der nicht enden will, traf sie die Villa am Berg hell beleuchtet, gefüllt mit Gästen, und ihren Vater in enger Umarmung mit einem langbeinigen blonden Geschöpf auf dem Sofa hinter einer Palme im Wintergarten. Sie machte ihn nicht auf sich aufmerksam, verschränkte nur ihre Finger ineinander, daß sie knackten, und schüttelte den Kopf wie ein fiebriges Kind. Nun gab es nur noch einen Menschen, an den sie sich wenden konnte, sie würde sie hören, die Stimme, die ferne geliebte Stimme am Telefon, aber nicht hier, nicht zwischen diesen Ausgelassenen und Angeheiterten, und da sie doch zuerst Dr. Moll um die Nummer der Klinik bitten mußte, konnte sie auch gleich zu ihm gehen. Sie wand sich durch eine Gruppe Tanzender und sah dabei wie von weitem Eins, Zwei und Drei, die sich mit halb gefüllten oder auch halbleeren Tabletts durch die Menge bewegten.

Sie ließ das Haus hinter sich und ging die paar Schritte, die sie zur Praxis führten, aber auf der Treppe kam er ihr schon entgegen und stieß fast mit ihr zusammen. »Karla«, sagte er, »ich bin auf dem Weg zu euch. Ich konnte deinen Vater in seinem Hotel nicht erreichen, und im Haus nimmt keiner ab.«

»Wahrscheinlich ist es dort zu laut«, sagte sie.

»Ist er denn wieder da?«

»Ja. Und er hat die halbe Belegschaft von der Messe mitgebracht.«

Sie erreichten jetzt den Lichtbezirk unter einer Laterne, und Karla sah plötzlich, daß Dr. Moll geweint hatte und immer noch weinte, obwohl sie seiner Stimme nichts angemerkt hatte.

Also war der Traum noch nicht zu Ende geträumt. Sie blieb stehen und legte ihm beide Hände auf die Schultern. »Ja?« fragte sie.

Erst jetzt brach seine Stimme. »Ich verstehe das nicht«, stammelte er, »es ging ihr gut. Von Tag zu Tag besser. Ich kann es nicht verstehen.«

Und da begriff Karla, daß sie nun wirklich allein war, oder sie glaubte, es zu sein, denn es war noch weit weg, das scheue, abwesende und gleichzeitig zutrauliche Lächeln dieses Kindes, das sie einmal Jonas nennen würde, und das eines von diesen Kindern sein würde, die immer im Stand der Unschuld bleiben.

## *Epilog*

Der alte Mann kroch mit seinem Tablett die Treppe hoch und machte auf dem Absatz eine Pause. Die Damen und Herren auf den Bildern, die in gleichmäßigen Abständen an der Wand hingen, begleiteten ihn mit strengen Blicken, und als er das Tablett auf einer leeren Blumenkonsole abstellte, um sich seinem üblichen Hustenanfall hinzugeben, schienen sie sich auszutauschen und miteinander zu beraten, wie lange es wohl noch dauern würde, bis er sich ihnen endlich zugesellte.

Er beachtete sie nicht. Nach einem endgültigen letzten Räuspern schlug er sich mit der flachen Hand ein paarmal gegen die Brust, um seinen Lungen mehr Luft zu verschaffen, nahm das Tablett wieder auf und arbeitete sich das letzte Stück zum oberen Flur hoch, schurrte über den verschlissenen Läufer und klopfte an die Tür des Erkerzimmers.

Der Zollinspektor saß im Schein einer Lampe, deren Sockel von einem in Bronze gegossenen Jüngling, der mit beiden Armen die Glaskugel trug, gebildet wurde, und arbeitete an seinen Unterlagen. »Meine Güte«, sagte er, sprang auf und nahm dem Alten das Tablett ab. »Ich hätte es mir wahrhaftig auch holen können oder unten bei Ihnen in der Küche essen.«

»Gast bleibt Gast, Herr Hoflinger. Das würde mir meine Frau, wenn sie noch lebte, nie verzeihen. Ein Gast, der in der Küche ißt.«

»Jetzt kennen wir uns schon so lange, was wäre dabei.«

»Was wäre dabei, was wäre dabei. Ich hoffe, es ist recht so. Brot, Käse, etwas Wurst, eine Tomate und Tee. Immer trinken Sie nur Tee.«

»Leisten Sie mir wenigstens Gesellschaft«, sagte der Zollinspektor und rückte einen Sessel in die Nähe des Tisches, der im Erker stand. »Und trinken Sie das, was Ihnen guttut. Ich weiß, daß Sie überall im Haus Ihre Lager haben.«

»Das ist wahr«, jetzt kicherte er. »Wanda war nicht so sehr dafür, die hätte sich für Ihre Teetrinkerei begeistert. Aber ich liebe nun mal diesen roten Wein aus Frankreich. Ich wäre schon lange hinüber, würde ich nicht jeden Tag mein Fläschchen trinken. Das ist wie eine Bluttransfusion für mich. Aber weil Wanda es nicht gern sah, hatte ich ihn an allen nur möglichen Orten versteckt. Das Haus ist unerschöpflich an Verstecken. Also sagte ich abends immer, daß ich noch mal nach dem Rechten sehen wollte, und sie ließ mich gehen. Natürlich hat sie gewußt, daß ich irgendwo in einem der Zimmer in einem Sessel liege, meine Zigarren rauche und trinke, aber der Schein war gewahrt. Ein Wirt, der trinkt, ist verloren, war ihre Meinung, und deshalb goß ich mir unter ihren Augen immer nur Sprudel ins Glas. Das grausamste Getränk, das ich kenne… außer Tee. Sie war lieb und sie war tüchtig, aber sie war auch ein Kreuz von einer Frau. Wissen Sie, die Rechtschaffenen können manchmal anstrengender sein als irgendeine Schlampe. Schmeckt es?«

»Ausgezeichnet, Herr Haller, Ihre Wanda hätte es nicht besser machen können.«

»Danke«, sagte er geschmeichelt. »Im Grund hab ich ja nichts anderes getan, als verschiedene Sächelchen auf verschiedene Teller zu legen. Aber wenn Sie zufrieden sind, freut's mich. Wenn ich Sie jetzt wirklich nicht mehr von Ihrer Arbeit abhalte, schau ich mal nach. Im Rosenzimmer in der Truhe müßte noch ein herrlicher Bordeaux liegen. Ich will ja nichts über die Gastronomie hier sagen, aber von einem guten Rotwein haben die wirklich keine Ahnung. Weißwein, das geht ja gerade noch, da bieten sie einen Mosel an oder einen Rheinwein, aber über die Grenze gehen sie nicht, es sei denn, sie ordern dieses billige ausländische Zeug, das Stierblut oder so ähnlich heißt. Ist es warm genug?«

Der Zollinspektor wandte ihm kauend das magere Gesicht zu und nickte.

»Alles geht so langsam in die Binsen, genau wie ich. Die Heizung pfeift, die Fenster schließen nicht mehr, auf dem Dachboden nisten die Tauben. Das Wasser kommt rostig aus der Leitung, und in manchen Zimmern schimmeln schon die Tapeten. Na ja, ich geh mal.«

Er hievte sich aus dem Sessel hoch, ging hinaus auf den Gang und suchte das Rosenzimmer auf, das sich in derselben Etage befand. Er knipste das Licht an und sah sich um, schüttelte über die Vergänglichkeit alles Irdischen den Kopf und öffnete die Truhe, in der er seinen Schatz, in einer Lage Decken eingewickelt, verwahrte.

»Viel zu kalt, natürlich«, murmelte er, schob sich eine Flasche unter die abgewetzte Strickjacke, die er trug, als könnten seine alten Knochen auch nur noch das geringste erwärmen. Guter Junge, dieser Zollinspektor, dachte er auf dem Rückweg, er könnte ja wahrhaftig in einer dieser Pensionen absteigen, könnte sich ein Schnitzel oder sonstwas leisten und sich mit Leuten unterhalten, die ihm mehr zu bieten haben als ich altes Gespenst. Er schob die Tür zum Erkerzimmer auf und schwenkte die Flasche, die er wieder hervorgezogen hatte.

»Ich kann Sie nicht verführen, das weiß ich inzwischen. Es ist ein Jammer, ihn so kalt zu trinken, aber ich will nicht länger warten. Jetzt fragen Sie mich bitte nicht, warum ich mir nicht schon tagsüber eine Flasche temperiere. Es ist eine Frage des Rituals. Und im Sommer, wenn ich den noch erlebe, sind sie wieder genau richtig.« Er holte aus seiner Hosentasche einen Korkenzieher. »Ich habe mir den Wein immer schicken lassen, von einem großen Handelshaus in Hamburg, kostete eine Menge Geld, war aber damals drin.« Er schenkte ein, nahm einen Schluck, hielt das Glas gegen das Licht der Lampe und seufzte zufrieden. »Um ehrlich zu sein, es wäre natürlich auch heute noch drin. Geld ist da, es wäre sogar genug da, um das ganze Haus zu sanieren.« Er trank bedächtig weiter, ließ sich dann in den Sessel dem Inspektor gegenüber fallen und schloß die Augen. »Der Garten gerodet, ein weißer Pavillon, Kieswege, Bänke. Ein Springbrunnen. Das Haus selbst innen fast entkernt. Und dann, denn Sie dürfen nicht glauben, daß ich das noch nirgends gesehen habe, dann also innen Marmor und Glas. Echte Teppiche und Kübelpalmen, Bäder mit allem Komfort, ein Stab von Zimmermädchen, Kellnern, Köchen. Eine Halle, in der sich ein Elefant verirren könnte, im Hintergrund eine Bar mit gedämpftem Licht. Musik, vielleicht ein Walzer...«

»In Bayrisch-Eisenstein?« fragte der Zollinspektor.

»Wo denn sonst. Oder bilde ich mir nur ein, hier zu sein? Sie täuschen sich, wenn Sie denken, daß die entsprechenden Gäste fehlen.«

»Kann schon sein. Aber einer würde unter Ihren Palmen fehlen.«

»Ich weiß, ich weiß«, der Alte ließ wieder sein greisenhaft keckerndes Lachen hören. »Mein geheimnisvoller Gast aus den Wäldern.«

»So ist es.«

»Und Sie inspizieren immer noch die aufgelassenen Dörfer?«

»Unter anderem. Die Dörfer im früheren Niemandsland. Die Dörfer, die die Erde allmählich verschluckt. Verzauberte Orte.«

»Ohne Düsternis?«

»Ebenso ohne Düsternis wie dieser Ort hier.«

»Es kleben keine Schreie an den Mauern?«

»Kein Blut und keine Schreie. Im Sommer tanzen Schmetterlinge in den leeren Fensterhöhlen und auf den Friedhöfen...« Er brach ab. Eine steile Falte erschien auf seiner Stirn, und die Düsternis, die er den aufgelassenen Dörfern gerade abgesprochen hatte, schien sich nun über ihn zu legen.

Der alte Mann sah ihn forschend an. »Sie lieben Friedhöfe nicht?«

»Ich habe sie einmal zu sehr geliebt«, sagte der Inspektor. »Aber das ist eine Geschichte, die lang zurückliegt.«

»Lang zurück«, meinte der Alte und wiegte nachdenklich den Kopf. »Dann erzählen Sie sie mir.«

»Heute nicht mehr.«

»Morgen?«

»Ich denke auch nicht.«

»Und übermorgen sind Sie nicht mehr da, und wenn Sie im Sommer wiederkommen, bin vielleicht ich nicht mehr da.«

»Ich dachte, Sie wollen sanieren und noch nicht sterben.«

»Lieber Himmel, nein. Sie wissen genau, daß das ein Witz war. Meine morschen Knochen werden in diesem morschen Haus vollends zerkrümeln. Sagen wir mal so«, er trank sein Glas leer und füllte es mit zittrigen Händen wieder auf. »Ich habe alles in allem, wenn ich es so bedenke, etwa noch einhundertundachtzig bis zweihundert Flaschen, das muß reichen, oder, umgekehrt, ich muß mich bis dahin strecken.«

»Man kann nachbestellen.«

»Natürlich kann man. Aber alles hat seine Zeit.«

Und so war es. Als Karla am nächsten Morgen unter einem leichten Schneetreiben, das gleich nach dem Frühstück eingesetzt hatte, den Weg, den sie schon kannte, ins Städtchen hinunter nahm, um sich in einer Drogerie eine neue Nagelschere zu kaufen – die alte war ihr beim Auspacken in der Hand auseinandergefallen und sie konnte die Niete, die sie zusammengehalten hatte, auf dem flauschigen Badezimmerteppich einfach nicht mehr finden –, kam sie an der Pension vorbei und bemerkte dort auf dem weiten Hof hinter dem Eingangstor einen alten Mann neben einem jüngeren stehen, der gerade im Begriff war, in ein Auto zu steigen. Er war in einen langen dunklen Mantel gekleidet, der ihn schmaler machte, als er es wahrscheinlich ohnehin schon war, und als er sich nun, um dem Alten noch einmal zuzunicken, kurz in ihre Richtung wandte, glaubte sie, den Fremden, dessen Gesicht der Widerschein des Schnees noch blasser machte, zu erkennen. Erschrocken, die Hand an der Kehle, weil sie einen Moment keine Luft bekam, blieb sie stehen, wartete, bis er eingestiegen war, im Hof gewendet hatte und langsam und vorsichtig, denn das Tor war nicht sehr breit, an ihr vorbeifuhr. Er schenkte ihr nur einen flüchtigen Blick, der nichts besagte, sie nur streifte, wie er jede beliebig dastehende Person gestreift hätte, und sie fragte sich, ob sie nicht doch einer Täuschung erlegen war, denn war er der, an den sie dachte, hätte irgend etwas geschehen müssen, aber nichts geschah, er fuhr den schmalen Weg zur Hauptstraße hoch und verschwand hinter den hochgetürmten Schneehaufen, die die Seitenstreifen säumten.

Sie schüttelte sich, als wollte sie die leichten, weißen Flocken von sich abwerfen, setzte sich in Bewegung und erreichte den alten Mann gerade noch, bevor er die Tür der Pension hinter sich zuziehen konnte.

»Hallo«, rief sie.

Den Türknauf in der Hand drehte er sich erstaunt zu ihr um.

»Ja?« fragte er.

»Entschuldigen Sie«, sagte Karla. »Darf ich Sie etwas fragen?«

»Aber gern.«

»Würden Sie mir den Namen des Herrn verraten, der gerade weggefahren ist?«

»Sie meinen den Zollinspektor? Er heißt Hoflinger. Max, soweit ich mich erinnere. Ja, genau, Max Hoflinger.«

»Oh«, sagte sie, und diesmal wurde ihr wirklich schlecht, ein Schwindel erfaßte sie, und sie mußte sich am Geländer der Treppe festhalten, um nicht umzufallen.

Er musterte sie erschrocken. »Was ist denn?« fragte er. »Sie sind ja so weiß wie eine frischgekalkte Wand. Kommen Sie mit rein, ich hole Ihnen einen Schnaps.«

»Ja, danke«, sagte sie, um dann, als sie sich wieder gefangen hatte, mit einem um Verzeihung bittenden Lächeln hinzuzufügen: »Das kenne ich eigentlich nicht von mir, tut mir leid.«

Er antwortete nicht, schlurfte nur stumm voran in die Halle, wo er sie bat, in einem der ausladenden Sessel Platz zu nehmen. Eine Staubwolke stieg auf, als sie sich niederließ, sie mußte niesen, und während er irgendwo in den Tiefen des Hauses umherirrte, betrachtete sie das seltsame Interieur, die alten Bilder und Hirschgeweihe über dem riesigen Kamin, merkwürdig gedrehte halbhohe Säulen mit leeren Blumenkübeln darauf, zwei sich ergänzende, beinahe lebensgroße Frauengestalten, aus Stein gehauen, von denen die eine die Hand zur Decke streckte, während die andere damit ihr Gesicht verbarg.

Er kam mit einer Flasche und zwei Gläsern zurück, setzte sich zu ihr und schenkte ein. Sie trank und merkte, während er sie wohlgefällig beobachtete, daß ihr Blut wieder zu zirkulieren begann und ein leichtes Prickeln in den Fingerspitzen auslöste.

»Sie kennen ihn schon länger?« fragte Karla.

»Wen? Den Inspektor? Ja, er kommt jedes Jahr für ein paar Tage. Einmal im Sommer, einmal im Winter.«

»Ich bin sicher zu neugierig, aber hat er von sich erzählt?«

Der alte Mann stellte sein Glas ab, breitete die Arme aus und hustete. »Die Luft, die Luft«, sagte er dabei, »ich wünschte mir, ich könnte sie trinken wie diesen Schnaps hier. Nie ist genug davon für mich da. – Ja, was nun Ihre Frage angeht, der Mann ist mir ein Rätsel. Er geht von hier aus in die Wälder, bis weit hinein nach Böhmen, was er dort genau tut, weiß ich nicht. Aber sie machen schweigsam, diese Wälder, unergründlich, wie sie sind. Sie scheinen nie zu enden. Fahren Sie doch einmal hinüber.«

»Kann ich noch einen haben?« fragte sie.

»Natürlich.« Er goß nach, betrachtete prüfend sein leeres Glas, schüttelte bedauernd den Kopf und korkte die Flasche wieder zu.

»Mir hat man nur erzählt, daß dieser Wald krank ist und viele Bäume sterben«, sagte Karla.

»Nun ja«, meinte er leichthin. »Ich denke, Bäume sterben so oder so irgendwann einmal. Und aus den toten wachsen wieder neue. Sie wachsen aus dem Moder der alten, und es gibt Moos und Farn und glucksendes Wasser überall. Sogar Wanda, dieser Stadtmensch, hat den Wald hier geliebt.«

»Und wer ist Wanda?«

»Meine Frau, meine verstorbene Frau. Ich habe sie in Berlin kennengelernt, in einem Kabarett, dem man nachsagte, daß es zu seiner Zeit das verrückteste in der ganzen

Stadt war. Es hieß ›Zum Krokodil‹. Aber das ist lange her. Ich war dort Kellner, und sie tanzte und sang. Sie war schön und umschwärmt, und ich… na, Sie sehen ja. Man könnte sagen, daß ich vor vierzig Jahren auch nicht stattlicher war, als ich es jetzt bin.«

»Und die Ehe ging gut?«

»Ja, sehr gut sogar. Sehen Sie, es war, als habe sie nur darauf gewartet, ein Leben zu führen, das aus Arbeit und Pflichterfüllung bestand, und ich, der ich so klein, bescheiden und sparsam gelebt und sie so lange aus der Ferne angebetet hatte, hatte zu tun, daß die Luft immer noch ein bißchen rosa gefärbt blieb.«

»Und haben Sie es geschafft?«

»Zuweilen schon«, sagte er. »Kommen Sie, ich zeige Ihnen was.«

Er stand etwas mühsam auf, führte sie durch die Halle, an den steinernen Frauen vorbei, durch einen Flur um eine Ecke und stieß schließlich eine Tür auf, die den Blick in einen kleinen Saal freigab, eine Art Wintergarten mit bis zum Boden reichenden Fenstern. Die Läden waren nicht geschlossen, man konnte die Kiefern in dem verwilderten Garten sehen, von denen der Wind weiße Schneewolken herunterwehte, die wie neblige Gespenster über der Erde tanzten, bevor sie sich niederlegten. In diesem fahlen und diffusen Licht schimmerten in dem schmalen langgestreckten Raum der Kristallüster an der Decke und die ihn begleitenden, wie Kerzen geformten Lampen an den Wänden. Um kleine runde Tische waren ebenso zierliche Stühle drapiert, die Tapete zeigte ein verblaßtes Lilienmuster, und der wie mit Intarsien eingelegte Holzboden, der jetzt mit einer dünnen Staubschicht überzogen war, ließ ahnen, wie schön sich einmal alles in ihm gespiegelt hatte.

»Wir waren nur eine Pension garni«, erzählte er. »Das hier war das Frühstückszimmer.«

Er drehte an einem Schalter, und Lichter flammten auf, durchbrachen das Zwielicht und zauberten Reflexe in die großen Glasscheiben.

»Bezaubernd«, sagte Karla.

»Ja«, meinte er schlicht, um dann, nach einer Pause, fortzufahren: »Sie kennen den Zollinspektor?«

Sie löste ihren Blick von dem Schneetreiben draußen im Garten und wandte sich ihm zu. »Er ist der Vater meines einzigen Kindes«, sagte sie.

»Und dann fährt er einfach so an Ihnen vorbei?«

»Er weiß es nicht.«

Der alte Mann dachte nach. »Das hat er dann wohl gemeint«, sagte er schließlich.

»Was?«

»Nun, gestern abend. Es sah beinahe… beinahe so aus, als würde er mir etwas erzählen, von einer Sache, die sehr lange zurückliegt.«

»So lange auch wieder nicht. Jonas ist jetzt sechzehn.«

»Er heißt also Jonas, Ihr Sohn.« Er zog sich einen der zerbrechlichen Stühle heran, setzte sich und begann, mit dem Fingernagel seines Zeigefingers seltsame Zeichen in das mürbe Damasttischtuch zu ritzen. »Herr Hoflinger scheint mir nicht besonders glücklich zu sein«, murmelte er dabei vor sich hin. »Er scheint mir sogar außerordentlich einsam zu sein.«

»Es ist damals nicht gutgegangen, warum sollte es dann heute gutgehen«, sagte sie.

»Ja, warum?« Er hob beide Hände und ließ sie wieder fallen. »Wissen Sie, Wanda und ich, wir waren auch manchmal wie Feuer und Wasser, beinahe unvereinbar. Und dann ging es doch wieder. Kennen Sie das:

›*Es ist lächerlich*
*sagt der Stolz*
*Es ist leichtsinnig*
*sagt die Vorsicht*
*Es ist unmöglich*
*sagt die Erfahrung*
*Es ist was es ist*
*sagt die Liebe.*‹«

»Von wem ist das?« fragte Karla.

»Erich Fried.«

»Ich kenne ihn nicht, aber ich hatte eine Freundin, die sicher sofort Bescheid gewußt hätte.«

»Sie sagen … ich hatte. Ist sie tot?«

»Ja.«

Weit oben im Haus klapperte ein Fensterladen, schlug gegen die Mauer und löste sich dann wieder, es war ein traurig machendes, sich ständig wiederholendes Geräusch, das an den nahenden Verfall erinnerte. Karla straffte sich. »Kommt er noch einmal zurück?«

»Ja, heute abend. Morgen fährt er weiter.«

Eine lange Weile sprach keiner von ihnen, bis Karla sich eine Haarsträhne aus der Stirn strich und dabei leise seufzte. »Meine Pension, sie ist nicht weit von hier, ist ziemlich lausig«, sagte sie dann. »Sie wissen, was ich meine? Es ist alles da, einschließlich einer Million von Schildern, die mir sagen, was ich darf und was ich nicht darf.«

»Zum Beispiel?«

»Keine Getränke mit aufs Zimmer nehmen, die außerhalb des Hauses gekauft worden sind. Bei geöffneter Balkontür die Heizung abstellen. Frühstück nur bis zehn. Keine Hunde. Und so weiter.«

»Erschütternd.«

»Sie sagen es. Und deshalb dachte ich ... wäre es möglich, daß Sie noch ein freies Zimmer für mich haben?«

»Nun ja«, sagte er zögernd, »da muß ich erst einmal überlegen.« Er sah zu ihr auf und zeigte dabei ein fast zahnloses Lächeln. »Also gut, doch, ich denke, ja, ich denke, das läßt sich einrichten.«

## *Fanny Morweiser im Diogenes Verlag*

Fanny Morweiser wurde 1940 in Ludwigshafen geboren, absolvierte die Fächer Zeichnen, Malen und Bildhauerei an der Freien Akademie in Mannheim. Seit 1971 ist sie als Schriftstellerin tätig.

»Eine Nachfahrin des Edgar Allan Poe? Nein – viel mehr. Diese Autorin hat mehr Farben auf der Palette als Blut und Grauen, nämlich Satire, Ironie und tiefere Bedeutung.« *Welt am Sonntag, Hamburg*

»Spannende Erzählungen sind dies ganz sicher. Sie sind, bei allem Schrecken dahinter, unterhaltend und spielen sich in aller Stille, in schönen Landschaften, in alten Häusern, gelegentlich bei lieben älteren Damen ab – und dies soviel gefährlicher als bei Agatha Christie!« *Hannoversche Allgemeine Zeitung*

*Lalu lalula, arme kleine Ophelia*
Eine unheimliche Liebesgeschichte

*Ein Sommer in Davids Haus*
Roman

*Voodoo-Emmi*
Erzählungen

*Der Taxitänzer*
Erzählungen

*Schwarze Tulpe*
Roman

*Un joli garçon*
Roman